拥抱你的爱

沉金 著

群言出版社
QUNYAN PRESS
·北京·

图书在版编目（CIP）数据

拥抱你的爱 / 沉金著 . -- 北京 : 群言出版社，2017.1

ISBN 978-7-5193-0116-3

Ⅰ . ①拥… Ⅱ . ①沉… Ⅲ . ①长篇小说－中国－当代
Ⅳ . ① I247.5

中国版本图书馆 CIP 数据核字 (2016) 第 306263 号

出 版 人：肖玉平
图书策划：李 想 王 聪
责任编辑：王 聪
封面设计：方 茜
封面绘图：李淡淡

出版发行：群言出版社
地 址：北京市东城区东厂胡同北巷1号（100006）
网 址：www.qypublish.com
自营网店：https://qycbs.tmall.com（天猫旗舰店）
http://qycbs.shop.kongfz.com（孔夫子旧书网）
http://www.qypublish.com（群言出版社官网）
电子信箱：qunyancbs@126.com
联系电话：010-65267783 65263836
经 销：全国新华书店

印 刷：北京鑫瑞兴印刷有限公司
版 次：2017年3月第1版 2017年3月第1次印刷
开 本：880mm × 1230mm 1/32
印 张：8
字 数：203千字
书 号：ISBN 978-7-5193-0116-3
定 价：29.80元

目录

无法看清的爱

沈弦喜欢谢华年，不，是爱谢华年，从他们还只有十几岁的时代开始，一直深深地、深深地爱着谢华年。

谢华年谢大小姐说：“别给我看见你的脸，看了就想抽你几个大嘴巴。”

沈弦沈医生露出惊恐的表情，“你怎么了？”

谢大小姐端着茶杯，表情阴沉。

沈医生锲而不舍，“我把你怎么了你就要抽我？”

谢大小姐侧目不语。

沈医生骤然顿悟，“不管谁跟你说过我什么那都不是真的——我是说你不喜欢的那一部分！”

谢大小姐咬了一下牙，“有人竟敢说，你比我帅！”

“啊？”沈医生一脸茫然。

“你，比我，帅？”

谢大小姐重复了一遍，并在最后一个字上加了重音。

沈医生一时没忍住，直接狗啃在地。

“那个……‘女王’陛下，你还记得我是男人，你是女人吧？”

“怎么了？女人不能帅吗？我不帅吗？你对女人帅有什么意见？对我有什么意见？”谢大小姐啜一口新泡的伯爵茶，挑起眉梢。

“没有没有，你帅，你特帅，你最帅了！”一向能言善辩的沈医生也有意料之外词穷口拙只能连连告饶的时候，面对谢大小姐——他生命中唯一的女王的时候。

喂，这种忽然之间心慌意乱的感觉是……怎么回事？

镇静啊！

沈弦勉强撑着沙发一角，爬起半个身子，看着仍然稳坐喝茶的谢华年，不由自主咽了口唾沫。

这种心情，算是在紧张……吗？

“啧，没诚意。”谢华年优雅地皱眉，搁下茶杯，扭头盯着还半趴在脚边的“对手”，挑剔地上下打量一番，颇为不屑地抱怨：“总之那些八卦妹就是在说你小子长得比我好，尤其是比我强势比我更有魄力吧？”

这是一个反问句。

谢大小姐还没有说完。

如果不想被女王的怒火烧着，这个时候就该吐个槽赶紧岔开话题了。

还必须吐个特别冷的，冷到能逗谢大小姐笑。

“怎么可能！最近眼科诊所都不开门吗？”

沈弦以最快的速度在脑海里完成了推论，几乎同时在嘴上付诸了实施。

“……”

这个吐槽确实特别冷。

谢华年抬起眼角看了沈弦一眼，什么都没说。

原来大小姐在意的就是这个啊……虽然并不知道她为什么要和自己较劲这些，但是，至少危机算暂时解除了。

沈弦在心里松了一口气，彻底又趴下了。

顿时，又有些沮丧。

沈弦喜欢谢华年，不，是爱谢华年，从他们还只有十几岁的时代开始，一直深深地、深深地爱着谢华年。

然而谢华年却一直和他较劲。

她把他当成朋友，知己，兄弟，更当成对手，处处一定要和他争个高下。

她并不是不把他当作男人看待。

恰恰相反，在谢华年的眼里，他是一个绝对优秀的男人，沈弦清楚地知道这一点。一如他知道，正是因为如此，谢华年才不肯输给他。

她是绝不肯，也不会输给任何男人的。

然而沈医生总觉得，谢大小姐的恋人候补名单里，大概永远都不会有他的位置。

她太想赢过他了，以至于她从来没有看见，没有在意过他那些绵长深刻的爱意，无论暗示，或明示。

她甚至要跟他比帅。

沈弦在心里黯然苦笑。

但作为恋爱战场上历经风霜的长跑选手，沈医生是绝不会把软弱赤裸在外的。

飞快地收拾好心情，重新爬起来，沈医生又在谢大小姐身边坐下，伸展长手，搭上被那人精致肩背靠住的沙发垫，扭头换上完美无缺的笑脸。

“我说，你就这么不想输给我吗?”

“我从来没输过。”

纵然一如既往的优雅，这回答还真是冷淡得理所当然。

“偶尔试着输一次也没关系吧，华年?”沈弦凑上前去，放肆地将下巴搁在谢华年肩膀上深深嗅着对方衣领发梢若有若无的淡香。

丝绸质地的衣料柔软舒适。香氛带着一丝凉意的薄荷味与彼此湿润的吐息绞缠一处，莫名有种暧昧的灼烧感。

谢华年的肩膀明显抖了一下。

“弘哥，麻烦帮我把这个‘垃圾’拎出去倒了。”

下一秒她已猛站起身来，挥开俨然就要趴到身上来的巨型“犬科”，毫不留情地宣判了制裁。

一直安静坐在沙发另一边宛如装饰雕塑的高大“保镖”一秒应声而起，简直就像被命中了复活的魔法。他拎起沈弦的后领，十分配合地做出了一个“倒”的动作，把沈医生扔在客厅与大门之间的玄关里，然后关上了内侧的隔音门。

谢大小姐盯住映在磨砂玻璃上的那个模糊的轮廓，错觉看见了委屈的耳朵和尾巴。

她烦躁地拨拉了一下长发，转身走上通往二楼的楼梯，一面对陆弘吩咐：“晚餐随便弄点什么吧。其他事别来烦我。”依旧是惯常下达指令式的颐指气使。

“小姐忘了，夫人说换了新厨师，让你今晚回家里吃饭。”年轻的随从几年如一日地忠实扮演着全能管家角色，平静开口时，脸上看不出丝毫情绪的波澜。

“不去了。打个电话，就说明天开会要讨论的方案我还没有看完。”谢华年烦躁地瞥了陆弘一眼，不满地挑眉，“还有你到底要我说多少遍啊？你再喊我‘小姐’，我可真跟你翻脸了。”

这句话之后，是“嘭”的一声毫不斯文——甚至可以说是非常夸张的关门声。

焦躁不安。

关上房门，独自站在自己的卧室里，世界骤然安静。

谢华年看着面前一整面落地穿衣镜中映出的自己。

进入大学之后她就基本没怎么再长个，虽说一米七的身高并不算矮，但配上她的五官总觉得还有些微妙的不足。

她那继承自母亲的格外白皙的皮肤，配上东方人含蓄婉约的面孔，总让她看起来有些微妙的纤细，一晃眼犹如少女。

反观那个叫作沈弦的家伙，中二时候就够这个头了，之后几年也没闲着，高粱一样噌噌得往上冒，眨眼竟然就比她高出足有十多个公分来。以至于她刚从英国回来时，下飞机看见这小子愣是直接给忽略了，还想着自家的停机坪上为什么会冒出个不认识的路人甲长得还跟沈弦挺像，直到那个充满特质的嗓音牢骚着闯入耳中哭诉“被无视”的伤痛，她才顿悟过来——原来是沈弦那小子又长个了啊……这下再要想揍那小子的脑袋或者狠狠踹他去墙角什么的，算是不能够了……

而更令人沮丧的是，落差的不仅止于身高。

高中毕业以后，她遵照家族的安排去英国名校 C 大念了商科，沈弦则毫无意外地按照自幼的个人理想进了国内一流的 P 大医学部。

而今的沈弦，名义上还只是 P 大附属医院心脏外科的一名新进主治医生，但实际上已经参与过十数台复杂手术，救回了许多生命垂危的病患，其中还不乏二三据称世界尖端的疑难杂症。虽然医学上那些复杂冗长的学名谢华年一时说不上来，但有一点她非常清楚——沈弦，那个从中学时代起就一直被人戏谑地笑称为“神仙”的家伙，的确拥有一流的头脑和能力，并已开始在医学界展露锋芒。

反观她自己，不过是拿着一张 C 大商科硕士的学位纸，继续在做她的谢大小姐。

当沈弦已经从“沈教授的儿子”蜕变成“沈医生”，她依然是“谢老爷的孙女”“谢总的女儿”。除了陪同父亲出席各种必须“露脸”的场合之外，她每天所谓的“工作”，就是在家族的公司里做一个表面上看来是“从基层做起”的继承者，其实没有任何可施展的空间。所有人都默认她是“大小姐”。大小姐只要明白流程，懂得怎么差遣人、应酬人，然后，等着接任分公司总经理的位置就可以了——或者干脆一步到位给个 CEO、CFO 什么的。就连往昔的那些朋友，不知何时起，也开始喜欢在调侃时喊她“大小姐”，包括沈弦。

所有人都默认她是“大小姐”，所谓的富 X 代，吃着信托基金终日游手好闲的“大小姐”。

抛开家族的光环，她根本什么都不是。

但她谢华年，不想做这样的“大小姐”。

一想到沈弦不仅长得比自己“大气”，连事业上也来势汹汹大有赶超自己的派头，谢华年就觉得浑身不舒服。不知为什么，总有种莫名其妙的危机感。

只是好胜心作祟吗？

人这种东西，没有属于自己的辉煌事业，生命该往哪里搁才好呢？

毕竟，当年那种只凭着“爱好”也能在学生社团里找到存在感的日子已经一去不复返了。

学生时代的谢华年曾经是漫画社的社长，也是学校漫画社的创始人。

没有别的原因，只是因为喜欢。

没错，谢大小姐从小就喜欢这种被所有长辈斥为不务正业的“玩意儿”。

那真是最天不怕地不怕的年纪。只为了争这一口气给所有不屑一顾的人瞧瞧，漫画这种“玩意儿”也是能够有所成就的，谢华年填写了创立漫画社的申请，并且在短短三年内，从一无所有到人才济济，拉扯起一个在国内顶级赛事中屡获大奖的创作型社团。

也就是在这三年中，谢华年凭借雷厉风行的手腕、说一不二的作风和她超级华丽的白富美派头，“荣获”了“谢女王”这个称号。

而第一个站在女王身边宣誓效忠矢志不渝的骑士，就是沈弦。

第二个则是陆弘。

相较于沈弦这种“世交家的孩子”，陆弘的存在多少有些复杂。

陆弘是谢老爷子一个保镖的儿子。一个因公殉职的保镖。据说当年在东南亚某个谢华年死也记不住名字的地方替老爷子挡了枪子。

所以陆弘从小是在谢家长大的。谢家人把他当作养子看待，谢华年也把他当作哥哥。只有陆弘自己始终拘谨地坚持着界限，也把自己当成了谢大小姐的保镖，十数年如一日地跟在谢华年身后，无微不至地照护周全。

对于陆弘这种坚决不越雷池一步的克己复礼，从小到大沈弦都没少打趣他，顺带打趣谢华年，只要逮住机会就要损两句，说大小姐“虐待”恩人的儿子，把陆弘当用人使唤。

起初谢华年还是抗议的，毕竟也不是她想要陆弘这个样子。后来她就发现了，无论她怎么想，陆弘都会保持那个疏离的模样沉默地跟着她，照料她，主动满足她各种任性的要求，仿佛那就是他最自在的状态……而沈弦只是嘴欠。

所以，她也就只能任由沈弦嘴欠好了。

想到沈弦那张满是戏谑的笑脸，飘远的思绪骤然一顿。

谢华年找回视线的焦点，看着镜子里自己的眼睛，抬起手，遮住自己的眼睛。

她的眼睛，睫毛纤长，色泽柔和，乌黑里仿佛泛着幼嫩的蓝色，衬着白皙的肤色，分外显眼。

年幼时，曾有人说她的眼睛长得不好，命中注定会遭遇一次情劫，为此悲苦多泪，只有把该流的泪都流干净了，才终于能得良人相伴，从此幸福美满。

爷爷和父亲至今引为笑谈。竟然说谢家的大小姐命有悲苦，这家伙想来是疯了。

谢华年自己也从来不信。

悲苦多泪。

她不记得自己何时哭过。

像她这样的人，生来就没有流泪的权利，更没有必要。

这双眼睛，和这个所谓的“预言”曾一度是她的笑柄，是许多心怀恶意之人奚落她时的谈资。她一向无所谓。那些家伙不可能击败她，无聊的闲言碎语不过浮云，根本不值得入心。

可如今她终于开始感觉到危机，连带着这双眼睛也变得刺眼起来。

这是来自那个名叫沈弦的男人的压力吗？

虽然沈弦从来没有拿这个来嘲笑过她。

沈弦从来只会说：“华年的眼睛很漂亮。”用各种色老头的腔调。

但这比嘲笑也好不到哪里去吧？

对谢大小姐来说，被人隔三岔五说“很漂亮”，并不是什么值得骄傲的赞美，尤其对方还是出了名的贪玩、会玩——她长得很漂亮她当然知道，这种事根本不需要人挂在嘴边当作轻浮的谈资，比起外貌，她更希望作为一个独立而强大的人的内在获得认可。

说到沈弦“会玩”的名声……据说那小子从高中时就开始了，由于身材高挑面相老成，常年和各种成熟御姐厮混一处。谢华年就曾不止一次看到这色狼跟修长丰腴的大姐姐搂搂抱抱在一起，而且每一次都是不同的女人。

听闻最近这家伙愈发离谱，已经开始和自己长姐的同学频繁约会了。

啧，这个姐控，果然他就是喜欢漂亮大姐姐的吧？

等等……好像跑题了……

那个混蛋喜不喜欢漂亮大姐姐，和我没有关系吧？

虽说有这么个换女友如换衣服的不检点死党不是件值得自豪的光彩事，但说到底这也只是沈弦个人的问题，犯不着管也管不着啊……为什么思绪会自动歪到这个方向来？

室内空调是永远的恒温 28 摄氏度，谢大小姐却无端觉得热。

她暴躁地扯了一把衣领，按下打开自动窗帘的按钮，烦乱地踱到落地窗前，盯着高楼下车水马龙的街道和渐渐亮起的路灯发了一会儿呆，很快便厌弃了。

那景象就像游动在黑色浪潮中的银蛇，不知头，不知尾，不知要随波向哪儿流去。

她又将窗帘严严实实关上，手脚伸直地随便倒在床上，把脑袋埋进抱枕下面。

二十五年来，看似呼风唤雨无所不能的谢华年谢大小姐头一次因为安全感缺失而坐卧不宁。

心烦意乱之下，自然也就无从发现那个被当作垃圾“倒”出去的家伙是怎样在她的忠实“保镖”的接应之下重新摸回她的客厅，钻进她的厨房，愉快地哼着小曲开始操持她的晚餐大业。

而沈弦却非常开心。

身为一个妙手回春的外科医生，在厨房里拿菜刀肉刀水果刀和在手术台上拿一二三号手术刀的架势是一样的，如果非要比较的话，鉴于服务对象的不同，搞不好对沈弦来说，待在这个厨房里还要更快乐一些。

“大小姐喜欢的‘不老的全熟鲜柠檬浇汁烤牛肉’配‘不甜的巧克力慕斯’和‘低热量不甜也不酸的蔬果色拉’，外加‘大小姐御用酒庄自酿的不酸也不涩的甜红’150ml。”

这种挑剔到超出正常人认知范畴的晚餐也能算是“随便弄点什么”吗？若是换成其他人早就掀灶台不干了吧！

沈弦倒是一脸甘之若饴。

把主菜、配菜、甜品、饮料顺水儿一字排开，沈弦从吧台后面探出头，推一推纯装饰用的镜框架，冲还坐在客厅里的陆弘小声问：“大小姐还在生气吗？”

“嗯，像饿了三天的豹子一样不停地在房间里转来转去呢。”陆弘淡定地抬头看一眼楼梯的上方。

“……弘哥，你不去当作家真可惜。”

“哦，看家也不错的。”

“嘶，这么冷的笑话……果然弘哥你才是隐藏在幕后的真强者，能跟着那家伙这么多年不是没有原因的啊……”

沈弦手肘撑在吧台上，一脸憋笑的贼相。

“说到跟了这么多年，你不是一样么。”陆弘镇定自若地把“女王陛下的晚餐”摆上餐盘，端在手里，在走上台阶的时候，忽然平静地扔出这么一句话来。

真可谓语不惊人死不休。

看起来，愈是平日里少言寡语的人物，愈是观之入微灼见深刻，不鸣则已，一开口就见血封喉。

沈弦整个人都愣住了，猛一阵恍惚。

是啊，真的是呢，自己不也一样还留在那家伙身边吗。

明明当年的一众狐朋狗友都冷的冷散的散了，明明中间也分开了三四年，为什么现在还待在这里？

等待也好，期待也好，自己到底是还想要抓住什么呢？

如果说，真的是还想要抓住什么，为什么又还一直却步不前地维持着现状呢？

“我今天……还是先走了吧。”

沈弦忽然感到疲倦。

说句实在话，身为一个难得休假的外科医生，好不容易不用值医院的班，却又自觉自愿跑来“女王陛下”的住所上岗，有时候自己想想都会忍不住唏嘘。

这到底是什么受虐倾向啊。

沈弦站在谢华年公寓的大门口，沮丧地看着形单影只的门牌号码，好一阵迷茫，终于还是十分没骨气地回头叮嘱：“啊，那个，不用告诉华年晚餐是我弄的了，谁知道那家伙会不会任性起来又不吃饭啊。”

还站在台阶上的陆弘一脸“早就料到你得这么说”的泰然，用那张十几年不变的面瘫脸点了点头，算是应承送客。

但即便是沈医生，也常常有想不到的情况。

爱心晚餐被送上嘴边之后，谢大小姐拿起叉子，刚吃了一口，立刻发问：“沈弦那家伙还没走吗？”

“已经走了。”陆弘一贯诚实。

“呿，这种拿手术刀的手切出来的牛肉……”谢华年虽然抱怨着，却还是叉起第二块细细切好的牛肉塞进嘴里。

柠檬汁的果酸过滤了烤肉的腥气和油腻，只余下纯正的香嫩清甜。火候刚刚好。没有任何华丽的修饰，但从刀工到烹饪都精细异常，功夫样样落在里头。

还真是……那家伙一贯的务实风格。

沈弦这家伙啊，无论轻浮的一面，还是稳重的一面，依然是各种老头范儿嘛……

思绪不经意回到第一次跟沈弦一起吃饭的时候，那小子皱着脸侧目鄙视她：“你这个不吃生食又嫌熟食容易老的家伙可真难伺候啊……牛血是甜的有什么关系？”

“我讨厌茹毛饮血你有意见吗？”她也同样无法忍受地侧目看着沈弦盘子里的烤秋刀鱼，“为什么你会像个老头子一样喜欢吃这种腥得让人想吐的东西……”实在恨不得直接掀桌给他倒掉。

“是啊，为什么呢……”那时候，沈弦托着下巴盯着外廊檐下微微随风转动的风铃，露出一脸深思的表情，好久好久，忽然扭转过大半个身子，无比认真严肃地面对着她说道：“大概是，为了讨好你爷爷吧。”

那是多少年前的事了？

谢华年忽然有种又惆怅又想笑的扭曲感。

然而，就在谢华年真的笑出声来之前，作为一个冷静旁观“主人”含着叉子发呆三分钟以上的保镖，陆弘非常合时宜地递上了尽职尽责的宽慰：“小姐请安心享用，手术刀切牛肉之类的事我是不会让他做的。”

“……啧，我说，弘哥其实你是故意的吧？”

大小姐叉起第三块牛肉，塞进嘴里，嚼碎，咽掉，懒洋洋地质疑。

不过，看在晚餐的分儿上，就算了吧。

不知从什么时候起，只要两个人能见着面，沈弦就是谢华年生命中的一部分，无论任何时候回想任何事，眼前总会出现那张挂着镜框架扮酷的脸，狭长的眼，似笑非笑的薄唇，看似严肃，十分狡黠。

谢华年自己也不太明白，为什么，明明在英国时的那几年连邮件也没有写过几封，可一旦回到国内，实实在在地踩上这片土地，两个人立刻又黏到了一起。

简直像是磁铁，只要进入磁力范围，自然而然地就成了这副模样。

莫非真是他吸引力太强吗？——虽然这样说未免有些自恋过头。

谢华年常觉得有些微妙的无法看清。

沈弦对她来说到底算什么呢？

死党？

发小？

长期厮混的玩伴？

保镖二号？

……

或许只是因为他们骨子里很像。

同样重压在上的家庭环境，严苛的父辈，不允许失败的万众瞩目……

沈弦和她是同一类人，站在相同的立场。

这样的两个人，朋友更进一步，要么是战友，要么，就只能是敌人了吧。

但她和沈弦，是无论如何也不可能真的成为敌人的。

大概吧……至少迄今为止没有，无法想象。

谢华年思绪缥缈地把这顿丰盛晚餐吃干净，刀叉碗碟统统丢进洗碗机。

流理台收拾得干净整洁，非常有医生范儿地分门归类，贴着各种标签：生食、熟食、直饮……

这个处女座！

算了，就给他打个电话算作安抚吧，其实不该因为自己的心浮气躁而迁怒到他身上的。

谢华年如是想着，妥协地叹了口气，走回客厅，拎起电话听筒。

如果没有意外发生，接下来幸运的沈医生将收到女王陛下出于歉意的抚慰，然后在“付出总会有回报”的感念之中度过愉悦的夜晚。

然而，这世界总是充斥着意外，且沈弦从来都不是个幸运的人。

就在谢华年戳下那个直呼快捷按钮之前一秒，她的手机抢先一步响了起来。

不得已扔下听筒去摸手机，谢华年坐回沙发上，带着被打扰的不耐烦。

“哪位？”

耳边好一阵空茫。

谢华年几乎就要以为是什么人打错了，原本还没灭干净的心火愈发一个劲往上冒，正准备挂断，那个人的声音才轻曼传入耳中。

“你竟然真的都没换号码啊？……吓我一跳，我本来还说只是打着试试看……”

顿时就像被乍起惊雷劈中。

脊背骤然一僵，谢华年整个人都直挺挺地怔在当场。

喷薄怒火在一瞬间偃旗息鼓，脑海里也是刹那空白。

是他。

那个声音仍然记得，清晰而深刻地记得，绝不会听错。

他竟然……回来了。

“程锦？”谢华年深吸一口气，确定自己能够保持平静，才出声确认。

“嗯，是我啊，我回来了哦。”

那一端的声音还是那样轻，带着点绵软的懒散，从不曾变过。

“打电话的人反而吓一跳算怎么回事。”

无力感一点点从躁乱心底渗出来，涨满了整个胸腔。谢华年不由自主地撑住太阳穴抓了把自己的头发，“现在在哪里？”

“应该是……CBD吧，可是太久没回来了，变得让我有点迷路。”程锦的声音听来似乎十分困扰，带着软绵绵的鼻音，撒娇一般。

“等我十分钟。最多二十分钟。原地等着。”

尚未来得及细细思考，已经脱口而出。

谢华年径直冲到门口，忽然想起还穿着居家的衬衫，不得已折回卧室，随手扯了两件像样的换上，再下楼，看见陆弘门神一样挺拔地杵在门口。

陆弘问：“需要送吗？”

“不用。”谢大小姐急不可耐地拽开门。

“我想也是。”陆弘保持着标准注目礼的姿态，但并没有挪动地方。

“弘哥你也不用老跟着我啊，该去过自己的生活就去过自己的啊！”

谢大小姐已经准备摔门了。

这么多年了，她都已经二十五岁了，陆弘依然任劳任怨地跟着她，充当完美保镖外带私家执事的角色，俨然这就是他的职业、他的生活、他唯一的人生目标。

谢华年一直觉得气闷。她其实不希望陆弘这样。她也希望陆弘去追求自己的事业、追求自己喜欢的姑娘，而不是像现在这样仿佛被困死在她身边了一样。

然而，按照这么多年的经验来看，就算她开口劝，陆弘也是不会听的吧。

思绪骤然断线。

谢华年发现她又开始发呆了。还是在这么个着急上火的时候。再发呆下去，她一定要迟到了。

她也来不及再多和陆弘说什么，匆忙就想走。

冲向电梯的时候，她听见陆弘在身后说了一句："那我可以现在回家去从明天起不再过来吗?"依旧是四平八稳波澜不惊的语调，却是前所未有骇人听闻的提问。

谢华年真的被惊住了，步子一顿，迫不得已站下来扭头回看。

这还是头一次，陆弘主动要走。

谢华年曾经不知道撵过陆弘多少次，陆弘从来没有理睬过。以至于谢华年一度以为，陆弘就是这样了。

她从没想过，陆弘会忽然提出离开。

真是有生之年。

谢华年怔怔地瞪着陆弘，一脸无所适从。

"事实上，上次回去的时候，老爷问我愿不愿意去东京新开的分公司帮忙，我一直在犹豫。"陆弘平静地解释。

"上次回去都是多久以前了，你犹豫这么久提都没提过啊!"

而且还偏堵在这个赶着出门的节骨眼上忽然提出来？

这家伙未免太过了，要么不开口，开口吓死狗……

谢大小姐觉得很恼火。

“可以啊。你自己的前途当然你自己决定就好。我走了。”

来不及追究或仔细打算，扔下这句话，谢华年“啪”地带上大门，消失在陆弘的视线之中。

陆弘看着空落下来的玄关，摸了摸下巴。

在从记事就跟着大小姐的陆弘眼里，谢华年是个这样的家伙：

总喜欢逞强，其实很怕寂寞；看起来洒脱，其实只是耍帅罢了。

大小姐从来没有真正的独立过。

陆弘觉得，在今后相当长一段时间里，大小姐大概会把自己的生活弄得一团糟吧。

虽然是有些放不下，但断奶是一定要的。

谢大小姐自己大概还没有完全发现，她正陷入在一个微妙的僵局里，必须要有一些变数来打破。

刚才那通电话就是一个变数。

当对峙许久的平衡终于被打破，接下来将要发生的恐怕会是天翻地覆的战争。

以旁观者清的智慧判断，怎么都是三十六计走为上。

走出公寓大楼的时候，本着人道主义精神，陆弘拨了沈弦的电话。

忙音占线中，未接通。

果然沈弦你这个倒霉鬼又在关键时刻背运了。所谓“倒霉村村长”说的就是你这一型的吧。

陆弘无奈地眯了眯眼。

不过“倒霉”什么的，从某种意义上来说，也是萌点啊。

既然如此，那就顺其自然吧。

顺其自然就好了。

毕竟，人算不如天算呢。

沈弦看得不错，陆弘是个聪明人，绝对是。

十三分零二十四秒之后，谢大小姐终于在 CBD 的某个街边电话亭旁再一次见到了那个人。

程锦。

她的初恋男友。

一眼之下，谢华年立刻就发现程锦还是从前那副模样。纤瘦的身材，柔软的黑发，比自己还要苍白的皮肤，似笑非笑的暧昧神色。好像进入大学之后，时间就在这个人的身上静止了，再也不会老去。剪裁新潮的白色长衫配着纯白马丁短靴，与银灰色的仔裤勾勒出完美线条。

那简直就是从天而降的赫尔墨斯，纤尘不染的美，就算只是站在公用电话边上，也引得路人频频回顾。

哪怕赫尔墨斯原是欺诈的创造者，是在纯美外表下埋藏荆棘的白蔷薇，庇护着一切巧舌如簧的诡辩，还有利益为本的偷窃。

他安静地站在五彩斑斓的人流之外，心不在焉地捏着自己的耳垂，目光缥缈地盯着不知所在的远方，仿佛这繁华世界与他本没有多大关系。

谢华年径直将车开到了他跟前，喊了几声没见反应，无奈按了两下喇叭。

“这回终于不是脸黑才不小心撞上我了？”

程锦这才回神般迎上去，穿过降下的车窗看着准时亲自开车赶来的谢大小姐，唇角牵起一抹微笑。

“谁知道，其实是脸黑没料到 CBD 巨变这么快吧。”

啧，还是这副德性，就承认你想见我才打的电话会死吗。

谢华年在心底抱怨一声，哼道：“那就随便打个谁的电话让人来把你牵回去好了。”说着，作势打算把车开走。

但程锦在那之前将手搭在了车窗的边沿上，“华年，我饿了”。

那声音轻软得就像新卷的棉花糖。

他状似犹豫地挪开了视线。

这样的神情语调让人不由一阵恍惚。

恍惚就回到多年前，不同的时间，不同的场合，却是同一个人，同样伸手搭住她手腕，低而轻软地喊：“华年。”她就再也走不动了，无论上一秒还多么坚决地想要离开。

这根本就是在撒娇耍赖嘛……太犯规了！

“……那你就上车啊。”谢华年放弃地应出这一句，在程锦终于坐稳在副驾位之后，带着一种无比想抽死自己的复杂心情，狠狠踩了一脚油门。

从谢大小姐的公寓回到自己的住处之后，沈弦先后接到两个电话。一个是他的姐姐沈乐打来的，另一个，则是姐姐指派给他的晚间约会对象，姐姐的大学同窗好友，UTV 的当红女性制作人，萧子棋。

这是一场例行公事的约会。

与这位萧小姐的事，近一年来姐姐没少给他撮合。大约是他这么多年四处玩乐不思安定的作风让家人都感到十分不安吧。

奔赴约会的一路沈弦都在琢磨各种算盘，见面时怎么应酬，什么情形说什么话，什么时候可以制造机会脱身……然而，当他在接上女伴到达预订中的餐厅停好车顺便一眼不小心看见谢华年那辆拉风的限量版金红色兰博基尼后，一切的预先准备都在瞬间被打乱了。

刹那如遭电击，兵荒马乱，措手不及。

这等小概率奇遇该要如何形容才好？

且抛开其他不论，明明是个那家伙从来不愿意沾的日本料理餐厅，为什么这辆车会出现在这里？

“好帅的跑车，现在的富二代真是嚣张啊！”萧子棋挽着沈弦的胳膊，也看着那辆足以在瞬间闪瞎氪金狗眼的“斗牛”撇撇嘴。

一时大脑短路，沈弦默默地没应上声。

“怎么了？”萧子棋立刻察言观色地注意到了，“这种表情——是认识的人的车吗？”

“啊，不是，只是……看看而已。很好的车嘛，哈哈。”沈弦醒悟过来，赶紧随口扯了个理由。

“你也会喜欢这种嚣张的跑车吗？”萧子棋不信服地笑着打量他，然而立刻作了结论，“不，你不喜欢这种车，你认识这辆车的主人。”

“这么拉风的车就算不适合我偶尔也还是会看看的……”

说真的，现在逃还来得及，无论是看到谢华年和别的什么人在一起，还是被谢华年看到自己和别的女人在一起，对现在的沈弦来说恐怕都是大煎熬，只凭着本能就恨不得立刻脚底抹油逃掉了。

他虚弱地笑了一下，“那个，萧小姐，咱们一定要去这家餐厅吗？”

通常在沈弦主动提出一个建议时，绝大多数女性都会立刻很高兴地顺从，因为这家伙和女人在一起时实在太少有认真说出看法的时候。而他偏偏又特别招女人喜欢。

但今晚的女伴不同，显然并不买他的账。

“就是特意订了这里的席位才邀你来的，据说这里的梅子鱼相当不错哦。下订的可是令姊呢。”萧子棋意味深长地挑起眉梢。

“……”

再次被抬出“姐姐”这把尚方宝剑，沈弦多少有些无奈。

沈弦的父亲是医学院的教授，个性十分认真古板，对他这个儿子有多给予厚望，就有多从严管教。偏偏沈弦是个天生反骨的家伙，除了立志从医这一点之外，事事都不如沈教授的心意，尤其是常挂在表象的自由散漫玩世不恭。从小就是姐姐沈乐护着他，没少帮他逃过父亲的竹笋炒肉。姐姐是最疼他的，总不愿意他憋屈为难，事事常顺着他，鲜少要求他什么。也正是因此，沈弦和姐姐感情极好，一旦姐姐真的开了口，反而无法狠心说不。

如今连姐姐都这样做了，或许，真的是“玩”得有点过了……该回头了吧……

沈弦不由一阵出神。

“嗯哼，你看起来略有一点点可疑。”萧子棋愈发揣摩地盯着沈弦的眼睛，显得意兴盎然。

“没有什么，既然是这样那就赶紧上去吧……”那种来自“传媒业”的敏锐触觉立刻让沈弦紧张起来，连忙岔开话题，推着萧子棋进了直达地面餐厅的电梯。如果是别的女人倒也罢了，偏偏是姐姐的好友，万一真被她怀疑上，回头跑去找姐姐乱打听，又会麻烦无穷。

他爱着谢华年，这件事沈弦不想让任何人知道。

尤其是“媒体”。

谢氏并不是瞬间蹿上富豪榜的新贵，而是渊源悠久的望族高门，产业和族人遍布海内外，财富值有多高行事作风就有多低调。

谢家的人是一贯不喜欢在镜头前出风头的——除了谢大小姐像盘踞山中的龙一样不可自拔地会喜欢囤积一些闪闪发光的东西之外。

但即便是谢华年，也十分讨厌那些鬼鬼祟祟跟在屁股后面挖掘花边新闻的狗仔。

因为大众的关注点从来没有正过。

当年谢大小姐一心一意创办漫画社的时候，曾经还幻想过可以与所谓的“媒体”借势共赢，到头来却发现根本没人关心她的雄心壮志，所有人都只是睁大了眼盯着谢老爷子的嫡长孙女、谢氏的继承人，无休止无下限地挖掘她的隐私生活，谢大小姐长什么样、住在哪里、今天又穿的哪家的订制、吃了哪家餐厅……甚至还骚扰到她身边的人。

他们猜沈弦和陆弘到底谁才是谢家相中的未来姑爷猜了很久，就差没开场下注。

这场无妄之灾最后以沉默寡言却行动力惊人的实干派陆弘直接把一个尾随大小姐企图偷拍的记者拖进巷子里胖揍了一顿为转折点，终于画上了句号。

虽然并不理亏，毕竟打了人。谢老爷子终于不得不派出公关摆平事态，然后关起门把惹事的孙女猛削了一顿，险些禁止她继续折腾漫画这种“不入流的玩意儿”。

谢大小姐自己也很生气，更憋屈，连带殃及池鱼，一个多月没给过沈弦什么好脸色。

所以，如果他沈弦又一不小心害得大小姐上了娱乐版头条，大小姐一定会气得彻底再也不想理他了吧。

从直梯出来，步入餐厅内部，沈弦就开始庆幸，还好姐姐比他更像父母，是个风雅的人，预订的餐厅餐位也十分讲究。餐厅这一层是仿平安京时代的和式风格，一小间一小间垂帘隔开，二楼往上则是带露台的宽敞和室，典雅而幽静。

这样的地方，客人与客人之间打照面的概率几乎趋近于零。

这样想着的沈弦，稍稍放心起来，携着萧子棋跟在艺伎打扮的女服务生身后向预订好的和室走去。

然而，正如许多个不幸运的时刻一样，沈弦真的是个倒霉的家伙。

就在服务生已经俯身跪坐替客人开门的时候，斜对面回廊尽头的一间和室的门却推开了一半。走出来的年轻男子十分眼熟，黑发白肤，清秀的眉眼。

那是程锦。

虽然并没有打过几回照面，但唯独这个男人，沈弦决不会认错。

有那么一瞬间，沈弦就像被噎住了，胸腔里一阵没来由的紧缩。

他几乎可以想见，未完全推开的门的那一边坐着的那个人是谁，那个人的姿态，那个人的表情，那个人的眼神……

是啊，原来是这样。

原来是程锦。

难怪你也会甘愿跑来这种一向不喜欢的地方。

几乎是下意识的，沈弦就捏紧了拳头。只有这样狠狠掐住自己，才能勉强维持自己的表情，不至于泄露出难看的悲伤。

而程锦显然也看见了他，但没说什么，只是唇角噙着笑。

两人擦肩而过，很默契地，谁也没有出声招呼。

萧子棋说得不错，这家店的鱼的确做得十分地道，梅子的微酸清香与鱼肉的鲜甜融合得恰到好处，入口即化，实在美味多汁。

然而沈弦却完全食不知味。

心思全纠结在另一间屋里的那两个人身上。

原来是程锦。

这人什么时候也从英国回来了，华年根本没和他提起过。

同样从未对他提起的，还有那些在英国的日子。

在C大读书的时候，谢华年曾经和那个人交往过一段。那个叫程锦的人。但后来又分开了。之后谢华年就回了国。沈弦所能知道的也就仅限如此简单而已。至于其中那些错综复杂，谢华年一个字也没和他说过。

华年她大概就没打算和任何人说吧。

可正是因为什么都不知道，反而更在意了。

那是沈弦所不知道的谢华年，发生过什么，正在发生什么，将要发生什么，一无所知。

因为不知道，所以无法安心，不安到完全不能集中精神，满脑子胡思乱想已然浆成了一锅粥，连最基本的判断力也丧失了。

既然在外面和别人吃饭，想来自己做的晚餐她大概根本没有碰吧。

这样的念头反复折磨着神经，沮丧到连动一动手指的力气也没有。

“沈弦！沈弦！”

萧子棋陡然抬高的声音强行把飞远的思绪拉扯了回来。

沈弦惊醒过来，连声地道歉：“我有点走神了……”

“什么嘛，根本没在听我说话啊。”萧子棋不满地抱怨，“怎么了，不合胃口吗？你基本都没怎么吃啊。”

“并不是。”沈弦低头看了看自己面前几乎没动筷子的食物，很想能够立刻把一整叠鱼塞进肚子里，但终于还是只吃了一口便又放下了。

实在没有心情。

“今天的你可不太对劲哟。怎么了？有什么心事吗？”萧子棋略微眯起眼，狐狸一样盯着沈弦打量。

这女人的洞察力太敏锐。

或者说，的确是自己露馅得太明显？

沈弦终于放弃地长叹一口气，“萧小姐为什么会来和我约会呢。因为是家姊拜托的吗？”

“不是哟。我是因为喜欢你，所以才拜托沈乐牵线的。”萧子棋应得非常轻快，半点也不见寻常女性的羞涩含蓄。

“别开我玩笑了。通常，对我这种男人，好女人都会避而远之的吧。”沈弦苦笑起来。

“这样说对从前那些和你交往过的姑娘也太不敬了！”萧子棋揶揄挑眉。

“没直接说是‘那些被你骗过的姑娘’萧小姐还真是客气啊。”沈弦尴尬地笑着。

“骗不骗什么的，女人可没有那么笨。你不知道风流浪子总是容易引发女人的母性情怀吗？”萧子棋站起身，径自走到沈弦身边，挨着他重新坐下，“怎么样，我不是你喜欢的类型？”她仰起脸颇具挑战意味地望着他的眼睛，手腕耳后若有若无的香氛随着气息一同靠近。是后味甜润的玫瑰。

这是毫无疑问的盛情邀约。

沈弦忽然很想逃避。

这种时候，只有彻底放空大脑，才能获得解脱吧。

沈弦眸色一暗。

“如果今晚让萧小姐回去了，家姊那边我是不是不好交代呢？”

“这个我怎么能知道呢。”萧子棋扯起唇角，露出浸透风情的微笑。

那笑容令沈弦不由苦笑。

“也好，不如我们就来试试看，或许这次真的不一样。”

离开餐厅到宾馆，驾轻就熟到习以为常，但却一直没有什么实在感。直到掌心触到那滑嫩肌肤，还有温暖的属于活人的体温，感官倏地在瞬息间灼烧起来。

闭上眼，斑斓的全是幻象。

脑海里晃动的是另一个人的影子。

想要这样地抱住那个人，褪去一切阻碍，缓慢地、细细地抚摸，不放过任何一个角落。想要把她推倒在无尽温柔的深渊里，相拥坠落，啃噬每一寸肌骨，感受每一点每一滴的气息，更无间的亲密接触……

这样的话，那张精致的脸上会露出什么表情？

那张从来只对人发号施令的嘴又会吟出怎样悦耳婉转的低唱？

她会吗？把不为自己所知道的那一面……展现给别的什么人？

只一想到这个，沈弦整个人就暴躁起来，呼吸急促，头疼得几乎要裂开。

他无法压抑地喊出那个名字来。

华年。

华年。

萧子棋牵过睡袍平静地披上，以一种早有预料的惋惜笑着嗔怪："真是不体贴的男人呢，把人家当成替身，还要让人知道。"

沈弦无言良久，翻身坐起，默默穿好衣物。他走到房间里配备的酒柜前，随便开了一瓶威士忌，仰头狠灌两口。

酒液冰冷绵滑，后劲却立刻火辣辣的在腑脏间蔓延开来，浓郁的烤烟味和着酒劲冲得他一阵头晕。

他捏着扁平的酒瓶走到窗前，看着窗外不肯安分的世界，默认地，哑声回话："抱歉。"

除此以外，再说不出别的。

大概从一开始就不对了。一切都太失控，没办法再掩饰。

眼前被灯火映得缭乱的都市夜色，花哨得就像打翻油彩的磨盘。

这绚丽太寂寞了，冰冷无望得让人想哭。

"看你这样好像真的很苦恼嘛。怎么了？不是沈家相中的儿媳，教授爸爸不许你和她在一起吗？"萧子棋温和地走上前去，把头靠在落地窗的玻璃上揣测地询问。

"和父母没有关系。"沈弦又灌一口酒。

“哎？莫非你竟然在单恋吗？”萧子棋似乎猛吃了一惊，瞪圆了眼。

“看起来，好像是啊……”

沈弦失落地苦笑。

其实连自己也不太敢相信，自己竟然真的是在苦苦地单恋着吗？明明一向颇受欢迎，从不缺少追求者，却还是把自己陷入了这样的困境里。

“嗯哼，有趣，什么样的女人竟然会拒绝你这个一表人才前途无量的大医生啊？”萧子棋意兴浓厚地不断诱引着他开口。

沈弦不得不转目讶异地看着这个女人苦笑。

“通常在这种时候一般女性都会给我一耳光摔门走人吧？”

“很抱歉我不是‘一般女性’呢。”萧子棋毫不介意地一笑，“来嘛，跟大姐姐说说吧，难得我这么善良不计前嫌愿意开导你。”

“没什么好说的。只是……很普通的单恋而已。”沈弦决定死不开口。

不能让她再知道更多了，否则一定会出乱子。

“不许这样敷衍啊。”萧子棋不满地怨怪，唇角依然含笑，眼底闪烁的光却一点点锋利起来，“接二连三的怎么看都很不对劲呢。让我来猜猜看……刚才我们吃饭的那家餐厅有什么不对吗？你看见她了？在旁边的和室，和别的男人约会？啊，这么说来当时我们好像遇上一个——”

“饶了我吧。我真是知道什么叫作‘名不虚传’了！”沈弦忍不住告饶地打断她，不想再听下去。

心底已有另一个声音尖刻地嘲讽着自己：瞒不住的，即便不被立刻拆穿，迟早也会被这个女人查个清楚明白。

偏偏是这个女人。

萧子棋，曾经持续两年多不懈追踪一桩医药金权交易的黑幕，数度遭遇死亡威胁也不曾放手，直至揭出多家公立医院、商业制药公司与监管部门多名官员之间的利益网的女人，就此一战成名，奠定了江湖地位，以三十岁不到的年纪就成了 UTV 这样的知名电视台屈指可数的女性制作人之一。业界曾经给萧子棋一个令人咋舌的绰号叫作“狮鹫”。

所谓“狮鹫”，除了有一双洞若观火的鹰眼，更有狮子般骁勇驰骋的执着闯劲。

凡是被萧小姐盯上的对象，从来无所遁形无处可逃。

虽然这只“狮鹫”自从捅开那个大马蜂窝就被“发配”去做娱乐花边去了，再也不被允许碰社会新闻……

这两年来，萧子棋就看似随遇而安地努力娱乐大众，拿出曝光社会阴暗面的干劲拼命挖掘名流私隐，抓住一点年湮代远的过错也能无限放大，扒掉了一张又一张光鲜亮丽的画皮。

每每听说这些，沈弦总忍不住脊背一寒，觉得萧子棋根本是在报复社会。

但大众却是喜闻乐见的。

如果萧子棋真的瞄准谢华年，沈弦简直不敢想象后果。

他倒不是认为谢大小姐当真有什么黑历史可挖。但……谁又真能一辈子从不犯错呢？而哪怕再细微的错误，一旦被抓住，放大也不过是一瞬间的事。

“萧小姐，对于我无礼的冒犯我真的十分抱歉，但我恳请你无论如何都把这件事忘了吧，不要再追究了。算我求你。”沈弦放下酒瓶，双手紧并，面向萧子棋低头弯腰九十度标准鞠了一躬。

但萧子棋只是看着面前这个刚刚还和自己肌肤相亲的男人，看着他做低伏状委曲求全，不置可否地叹息。

“你这种反应无非是在告诉我，她是个身份特殊的人，特殊到需要你这样舍弃骄傲地来哀求代表着‘无良媒体’的我不要伤害她呢。你就这么想要保护她啊。”

沈弦无望地闭上了眼睛，执意不肯抬头。

萧子棋双手扶住他的肩膀，一点一点将他的身子掰正。

“真可怜呐，我原来一直以为你是片叶不沾身的风流公子，没想到却是个迷恋女王而不得的痴心骑士吗？”她用怜悯的眼神看着他。

骑士……吗？

一瞬间，沈弦感到无限迷茫。

如果骑士无可自拔地迷恋上了他宣誓效忠的耀眼王者，象征着帝国权杖的辉煌王城是会与精灵的阿瓦隆一样在理想中长存，还是更加迅速地土崩瓦解？

但从来不敢深入去想，那深埋心底的，连自己也害怕碰触的渴望。这样将那个人压倒，狠狠地彼此拥抱，毫无顾忌地揉捏，合二为一。

不仅止于身，而是心。

他想要占有，完全地，彻底地，独占那个他凝视了许多年、追逐了许多年的人，将之打上烙印，变成自己所有。

即便闻名遐迩如湖上骑士兰斯洛特，也就止步在柏拉图般的思慕上了吧……

如果让华年知道了自己这些念头，会怎样呢？

搞不好会被一脚踹出去从此不相往来啊。

毕竟她大概从来都没有把他当作可以交往的对象来看待不是么？

“谁知道呢……”

沈弦苦闷地摁着太阳穴单手捂住了自己的眼睛。

“算了，就这样吧。暂时把那些烦心事都忘掉就好，让大姐姐再来安慰你一下吧。”萧子棋暧昧地勾起唇角，踮脚勾住沈弦的脖子，在他的嘴唇上轻啄，“可怜的孩子，闭上你的眼睛……”

纤细手指微冷地拨开了衣襟，顺着胸膛起伏肆意流连。

闭上眼，感官便在幻觉中沸腾，真实得几乎崩塌。

像被紧紧掐住了咽喉，无法抑制地泄露了挣扎低吟，沈弦觉得自己快要溺死在这虚无的泥淖中了。

然而怎么可能？

那个人……不会，不允许，更不可能接受。

那个永远骄傲的人。

“萧小姐！”

沈弦负隅顽抗地拾起最后残存的理智，竭尽全力推开面前企图掌控他的女人。

“抱歉，这种事……我果然还是办不到。”他别过脸去将神情全部藏入阴影，几乎落荒而逃。

一口气把车开出老远去，他才想起来自己喝了酒。

视线一片模糊，摇晃得厉害。

该不会就这样连人带车翻进海里吧。

心脏怦怦得猛烈跳动，陡然泛起微妙的扭曲感，但却不觉得恐惧。他歪歪斜斜地勉强把车停在港区的空地，俯身趴在了方向盘上。

海就在很近的地方，空气里带着潮湿的咸涩气味，听得见水浪拍打的哗哗声响。一下一下的，有节律地敲打着神经。

四下里辉煌的灯光不知何时终于熄灭了。

世界骤然漆黑，万籁俱寂，犹如吞噬。

从鼻梁到面颊都酸胀得厉害。大概是酒精的作用吧。

仓皇中摸出手机，呼出那个早已烙在脑海的号码。

在期待什么呢？

期待那个人慵懒的带着被搅扰好梦的低气压的嗓音出现在耳边，冲着自己低吼斥骂半夜没事做打骚扰电话么？

但是没有。

电话自动转接到了公寓座机上。

“您好，这里是谢宅，主人现在外出中，请在‘哔’的一声之后留言。谢谢。”

答录机的电子音彬彬有礼却如此疏远。

华年没回去。

是啊，这样的夜晚，良人相伴，怎么还可能回去呢。

手机无声地滑落，砸在脚边，折翼般，发出轻微的“咔嚓”脆响。

沈弦垂着手，呆呆穿过车窗，看着海堤上若隐若现的灯火。

果然骑士只能以下属与挚友的身份留在王的身边，否则不需要反派的登场，也必定是，一场浩劫。

可是，纵使明知如此，也还是无法克制地陷了进去。

心口处又一阵猛烈地抽搐痉挛，生生绞杀着意识。

他不由自主地皱起眉，咬牙摁住。

终于明白了，这种在医学定义上解释为“冠状动脉供血不足引发的心肌缺血”的感觉，就叫作“心痛”吗？

这个夜晚，浓云避月，星轨错杂，注定无法平静。

怀念过去的爱

那些又痛苦又甜蜜的回忆，轻轻一碰，便又苏醒过来。

或许，这就是玄妙所在吧。

这种叫作“初恋”的心情。

因为是真的喜欢，太喜欢了，反而没办法好好说出来。

越是在意，越觉得恐惧，害怕变化，害怕平衡打破之后一切都再也无法回到从前。

随便在路边的二十四小时便利店买了两包国民香烟，点上一支深吸，不愠不火的味道顿时充斥满腔，没有什么强烈的刺激感，只是有些轻微的眩晕，但头脑却陡然在瞬间清醒起来。

一氧化碳和尼古丁中毒所带来的暂时假象啊。

所以这东西平常时她从来不碰。

少不更事时，什么都要赢，觉得男人吞云吐雾看起来很酷，有种大权在握从容不迫的睥睨之感，于是偷偷摸摸也非要学会不可，逼着陆弘去给自己买烟，然后呛了个涕泗横流。

后来终于长大了，才察觉幼时可笑。

明知是虚幻还要扑上去，那是笨蛋才会做的事。

可是，偶尔也有些时候，人就是无法自控的，想要做个笨蛋吧。

谢华年一根接一根地把整包烟抽了个精光，开着车在已然空落的萧条街道上漫无目的地乱转。

之前的情景依然鲜明在脑海里。

出去一趟又回来后，程锦对她说："刚才我好像看见沈弦了。"

老实讲，听到时她很吃了一惊。

忽然之间，心情莫名复杂。

该怎么说呢……不过是碰巧撞见在同一家餐厅而已，并不是什么大不了的事，但就是，十分古怪的心虚气短，想要回避。

程锦似乎不太确定，习惯性地捏着他的耳垂，“应该没看错。就是那个没事老戴着一副没镜片儿的眼镜框装瞎的家伙”。

这说法立刻让谢华年笑出声来。

这是沈弦广为人知的“老毛病”。

大约是高中的时候，有一天沈弦忽然戴着只眼镜框来找谢华年，吓了谢大小姐好大一跳，还以为那家伙的眼睛出了什么毛病。结果，却被兴奋地问了：“怎么样？我戴这种眼镜框是不是很帅？你有没有觉得我又更帅了？”

啊，这个世界上怎么会有这么欠揍的家伙呢……

为了装帅跑去戴个眼镜框，这种事他竟然真的好意思说出来啊？！

后来谢华年曾经无数次嫌弃过沈弦那些各式各样的镜框架，每一次沈弦都嘻嘻哈哈地说：“这玩意儿不就跟领带、手表是一回事吗？你看，你每天都打扮得那么漂亮，站在你身边的我如果不打扮得帅一点岂不是很给你丢脸？”

大小姐认真地想了一下，虽然这话听起来好像哪里不太对，但是又无法反驳的样子，便也就随他去了。

久而久之，“神仙的眼镜框”就出了名，反而比本体更人尽皆知了。

喜欢拿“眼镜框”指代沈弦的，程锦不是第一个，更不是唯一一个。

谢华年一直觉得这帮人不是懒就是瞎。沈弦那么鲜明的一个人，拥有独特的风格和气质，以至于她经常随便扫一眼也能够很轻易地将他从人群里区分出来，为什么这些人的重点却只放在那副烧包的眼镜框上？谢大小姐怎么可能让一个存在感还不如眼镜框的家伙在身边一待那么多年。会说这种话的家伙根本不懂，沈弦有多特别。

“总之就是他啦，带着个成熟美女，手挽着手，看起来很亲密的样子。”程锦托着下巴，面无表情地陈述。

“……那家伙身边的女人从来没断过啊。”

倒也是，这家餐厅的确是约会的好去处，尤其沈弦那家伙很喜欢日本菜吧。

“是吗。”当时，程锦漫不经心地听着，一副随口提起并不在意的模样，安静了好一会儿，然后，淡淡地问：“那么，华年你呢？现在……没有恋爱对象吗？这么晚了还被我叫出来，没关系吗？”

瞬间，谢华年整个人都愣住了。

思维中断三秒。

原来是这样，兜了这么大一个圈子，只是为了问这个。

“没有。”有那么一瞬间，谢华年甚至觉得火大。

这么显而易见的事情需要如此大费周章地探究吗？

如果不是这样，怎么可能还独自来见你。

还是说，其实“问”也根本不是你真正的目的。

呵，人这种东西果然就是这样，江山易改，本性难移。

但程锦只是“哦”地应了一声，就又沉默下来。

气氛骤然陷入微妙的僵冷。

“哦”算什么反应？

谢华年开始感到焦躁。

尽管心里清楚明白，谁先认真在意谁就输了，仍然是无法自控地被牵着走。

时间分秒流逝，静得恍惚可以听见嘀嗒作响。

不知许久，程锦才又轻声说道：“刚才你说已经吃过晚餐了，我还在想，是不是已经有人会给你做晚餐了……这样。”

他垂着眼帘，纤长卷翘的睫毛轻微抖动着，遮蔽了乌黑眸中流动的光华。

“我呢，现在也是。单身中。不过——”他忽然停顿了一下，下意识地又去轻扯耳垂，“有人和我约好，假如十年之后我们都还是没有找到对的那个人的话，就在一起凑合凑合好了。”

“谁啊？会和你玩这种不靠谱的‘约定’，多半是王不理那个丫头吧。”谢华年明显嗤笑一声。

王不理，是程锦的师妹，从中学到大学都是，同时，也是谢华年世交的“闺蜜”王不爱的妹妹。

相较于王不理这个不仅能折腾还尽瞎折腾的万年萝莉，硬要谢大小姐说的话，她还是跟王姐姐王不爱合得来些——真的是相对来说的。

对于王不理，谢华年有三个认知：

其一，王不理讨厌她，要说原因，大概就因为她是谢家的嫡长孙女吧；

其二，王不理喜欢程锦；

其三，王不理……好像还没有发现自己喜欢程锦这件事。

而谢华年对王不理本人，真的并没有什么特别的想法。

除了每一次程锦刻意提起王不理的时候。

比如现在。

这个分手多年，久别重逢的现在，程锦又一次用这种含混不清的语气、暧昧不明的措辞，“刻意”在她面前，提起了王不理。

啊，还是那种备胎专用的可笑约定啊。

无论看起来再怎么从容，没人跟你说过你一紧张就拼命捏自己的耳垂放不开手吗？

“我就算不找男人晚餐也不用自己做啊。”

谢华年看定了程锦，毫不怀疑自己当时从神态到语调都写满“刻薄”两个字。

两人之间再次沉闷下来。

接下来还说过些什么无关紧要的，几乎都已记不得了。谢华年只知道自己一直在克制着，反复压抑想把那个瘦高的身子掀在墙角恶声质问的冲动。

事到如今还要忽然出现，漫无边际地说着撩人话语，你到底是又想来干什么呢？

是传达神的审判，还是施行另一次诡诈偷窃，又或者，你根本已彻底成为了拿着双蛇杖的亡灵引路人？

是吗，所以你只是来接我下地狱的吗？

那不如就直截了当来个痛快吧。

将程锦送回住处，站在楼下说着“今天很累了吧，早点休息。有什么需要帮忙的，电话我就好”之类的道别，谢大小姐赫然发现，自己终于也已经彻底变成了虚伪的成年人。如果是从前的自己，绝不可能忍得了这么久，还要装作没事人一样客气应酬。

但程锦却笑着对她说：“你还是和从前一样呢，一点都没变。比起我，果然反而是你比较绅士啊。”

“你是会半夜邀我进屋去喝一杯的人吗？”

被刺痛到忍无可忍，便说了挑衅的话。

程锦只是安静地回看着她，良久，浅声轻笑：“说的也是啊……那，晚安。”

她靠在车门上，看着那个瘦削背影消失在灯火阑珊处，转身在拉开车门时低声咒骂自己。

不爽。

简直不爽到极点。

尤其是对自己这种堪称明知故犯的情绪反应。

这样根本就是……又让对方正中下怀了嘛……

明明早就看得清楚透彻，早就下了决心，临到这种时候，又好了伤疤忘了疼地一头撞回原地。

然而，恼恨的却只是自己。

对程锦，哪怕当时再怎么气得想要动手，总是转身就又消解了。恨不起来。

习惯了被尊崇的自己，竟然也能如此没出息，简直就像着魔。

被偷走了牛的阿波罗，只是听到赫尔墨斯的琴声，看见他坐在山石上弹琴的样子，就把什么都忘干净了，心甘情愿地不计前嫌重归于好。

那是藏在美妙琴声下的魔咒，是纯白无瑕的罂粟花。

径直离开繁华城市，放肆地在远郊夜晚的空旷车道上大开着车窗飙到二百码，心情复杂到只想要苦笑。

无法描述，更找不到出口。

这种时候，是该向能一起喝酒胡闹抱怨吐槽的家伙大发一通牢骚，然后倒头忘个干净吧。

习惯性地掏出手机，调出电话簿，寻找那张名卡。

忽然，触摸屏上滑动的指尖轻颤一滞。

那家伙……这会儿大概和女人在一起啊……

算了。

夜晚的街道纵横相连，在浓黑中绵延伸展，没有尽头。

谢华年呆了一瞬，默默打开转接静音，把手机彻底扔在后座上，撕开了第二包香烟。

尘封的记忆并不想被搅扰，却还是就这样，无可挽回地裸露了缺口。

真正认识程锦是大学以后的事。

虽然之前似乎也曾在漫展之类的事上打过些许交道，但从没把这个人放在心上过，直到在C大再次相遇，不知为什么，距离骤然就拉近了。

知道程锦也在C大纯属意外，只是英国同学很兴奋地跑来告诉她，有个亚裔小帅哥在教堂门口给人画漫画人像，画得特别有趣。于是谢大小姐好奇去看了一眼，正看见那个瘦削的家伙轻松捏着画笔，两三下把高大的黑人同学画得无比呆萌。

就是那一刻，“这家伙还不赖嘛”这样的想法由衷地冒了出来。也就是从那一刻开始，谢华年的眼睛里，才终于烙下了程锦的身影。

然而，第一次的“交锋”真可谓相当挫败。

原本大小姐也并没有打算怎样，只是在收集“美好事物”的兴趣的驱使下上前去打了个招呼。可那个名叫程锦的“美好事物”却像没看见她一样，拎起包就走了，扔下一句“并没有想遇上你这号人”，简直是在大庭广众之下践踏大小姐金光闪闪的脸面……

那一年谢大小姐十九岁未满，从来没有这样被人不当回事过，当场震惊到石化，差点愤而掀了教堂尖顶上的十字架。

好在世家大小姐的涵养还是相当好。谢大小姐咬牙切齿地对自己说算了，不懂得欣赏本大小姐其实是那家伙的损失啊，然后决定，把这个叫作程锦的家伙重新扔回路人甲乙丙丁的行列忘掉就好了。

如果从那以后再不相遇，或许她也就真的忘掉了，那么，之后的一切事情都会不同。

但没有想到，C大这么大，大到校舍可以分散在整座城的南北两端，他们偏偏还是要再撞到一起。

大小姐虽然是大小姐，但并不是凡事都非得砸钱显摆的暴发户，买艘游艇周末在海上兜风散心外加随身携带御用厨师班随时供应各种餐点这种烧包事她固然做得出，走在路上乏了渴了随便捡个路边咖啡馆进去坐坐也是稀松平常。

很不凑巧的，就在这样一间路边咖啡馆里，谢华年第二次遇上了程锦。

一切都是命运的安排——虽然这么说俗透了。

谢华年其实是不信命的。可当她透过贴着各种抽象磨砂贴花的玻璃窗，看见程锦双手捧着马克杯和穿着女仆裙的服务生微笑闲谈的模样时，她忽然开始觉得，偶尔信那么一回，也是很有趣的事情。

事实上，这第二次的相遇也同样失败了。

程锦的反应同上一次几乎如出一辙，只在看见谢大小姐进门的那一瞬间，就立刻起身结账拎包走人。区别仅仅在于，这次大小姐连上前搭讪都没来得及。

这家伙到底得有多讨厌我啊……目瞪口呆地盯着那个推门而去的背影时，这样的想法出现在谢华年脑海里。

但只是一闪而过，立刻就被推翻了。

不对，其实并不是讨厌吧？

虽然说不上什么原因，但谢华年就是觉得，那个人不可能真的讨厌她。

或许，可以称之为——女王陛下的直觉吧……

或者说是“自负”？

或者根本是自恋而已，但那又如何呢。

那时候的谢大小姐正处在“少女期”的尾巴上，还没有怎样经历过“社会”与“现实”的折磨锻造，依旧活力充沛，任性妄为。被这样的大小姐盯上，实在称不上什么幸事。

从这层意义上来说，在这场名为“恋爱”的意外里，没有受害者与被害者，也没有无辜与罪恶，有的，只是共犯罢了。

当天谢华年就勒令秘书做了调查，将名叫程锦的留学生的学院科系、住处以及所选课程时间表全部弄个明白，然后，掐准了时间专程跑到“人类行为特征与心理分析”这种神奇课程的课堂门口蹲守，把抱着书出来的程锦堵个正着。

“你到底是真的讨厌我，还是想要掩藏什么呢？

“其实你根本就是在意到看见我就忍不住逃跑了吧？”

自大地抛出这样的话，放肆地把对方堵在墙角不许离开，十足的恶劣。

于是一点也不值得同情地被程同学直接拿厚如砖头的书砸了脸。

虽然在大众喜闻乐见的剧本里，这两个角色和性别和立场，似乎通常是反过来的。

“简直不敢相信，你这家伙到底要自以为是到怎样令人发指的地步啊？”

被这样怒斥也是理所当然。

但即便是怒斥也改变不了任何事。

征服向来是大小姐所热衷的爱好。而她已经陷入这分不清猎人与猎物的狩猎之中，开始乐此不疲。

接下来不过就是一场追逐。

有钱大小姐想要虏获某人的心博得认可，各种死缠烂打与啼笑皆非，就像任盈盈决定要泡令狐冲了，怎样浮夸的大手笔也不过是大小姐一句话而已。

终于，不知什么时候，事情的本质发生了偏斜。

当谢大小姐终于意识到其实自己在做的事和“求偶”没什么两样的时候，大脑放空半天，她开始意识到更令她恐惧又兴奋的事实。

她大概……算是喜欢上了程锦吧？

不仅止于想要获得认可的喜欢，她更想要的，是程锦这个人，完整的，从身到心的，全部归她所有。

之所以在意，之所以焦躁，之所以被牵制了情感与行动，都只是因为想要那个人，想到渴望拥抱他，抚摸他，亲吻他，让他变成自己的。

这样看来的话，她根本就是在恋爱啊……

大小姐她竟然恋爱了，并且对象既不是门当户对的世交公子，也不是爷爷大加赞赏的那些后起之秀青年才俊，而是一个同样既任性又自负还外带经常说些“啊，不小心看见你又要倒霉一整天”之类的刻薄话然后公然跑去洗眼睛的“穷小子”。

虽然程锦的确是个少见的美人，乌发白肤，眉眼如画，美得让谢大小姐忍不住想把他加入收藏列表。

父母先暂且不说，就说爷爷那个老古董，要是被老头子知道其实谢家的独苗嫡长孙女继承人到了英国不但没泡个王孙贵族什么的，反而净追着不知道哪儿来的穷小子跑，估计会当场气爆到直接开着军用机过来轰杀她吧……

理清事实关系的谢大小姐在这突如其来的巨大冲击下消沉了两天有余，烦乱不安地闷在房间里转来转去，没出门。

第三天下午时，家里却来了访客。

“你这家伙怎么了？听说你病休两天了，这样懒下去出勤率真的不要紧吗?”

看见在陆弘的牵引下出现的清瘦身影，听见那略带犹豫却依然尖刻的询问，脑海里倏地空了一瞬，两天来的举棋不定便在瞬间化为乌有。

“你竟然主动跑来找我?”谢大小姐难以置信地瞪着那双好看的眼睛。

“缠人的家伙忽然不见了虽然是很轻松，但总还是会觉得有点……奇怪的吧?”程锦略侧着脸，眸光闪烁。

“程锦。”谢华年懒洋洋地从大露台上摆着的鸟巢沙发里爬起来，用一种与内心深处的躁动截然不同的从容姿态，走回房间，一直走到程锦面前，近到足够气息相贴。

“程锦……”

她又唤了一声，宛若低吟地，第一次用这样的语气喊了那个人的名字，伸手抚上那张近在咫尺的脸。

无论怎样赏心悦目，果然也还是男人的脸啊……半点也没有女孩子那种水嫩柔滑的触感，能够摸到骨骼的轮廓。

若是从前，谢大小姐一定少不了甩手嫌弃。

但此刻却并不觉得讨厌。

不，或许应该说，感觉意外地好。好到还想要更多。

理智罢工，直觉已经牵引了行动。

谢大小姐毫不犹豫就伸手捏住了对方形状精致的下巴，低头凑上去。

“你什么毛病啊?！喂……谢——”

被这突如其来的袭击弄得惊慌失措的程锦，来不及抵抗便已被掠夺了唇齿。

初次的亲吻，急躁又笨拙地撞痛了嘴唇，但却出乎意料的甘美，让人忍不住索求，贪婪地深入。

“干什么……你给我适可而止一点吧!”

好不容易挣脱桎梏的程锦还未从惊吓中缓过气来，整个人都紧贴在了门板上，气喘吁吁地红着脸发火，却又是满眼莫名其妙的懵相，浑身僵直。

谢华年看着他，轻拭了一下还湿润的嘴唇，无限镇静地开口：“程锦，成为我的人吧。”

“……”程锦无语地瞪着刚刚才强吻了他的人，那个曾经被人戏称为“女王陛下”的家伙。

“我看上你了。”谢大小姐若无其事地耸耸肩，补充了一句。

“……这种话是该你说的吗?”程锦险些把自己的眼珠子瞪出来。

“我就说了你想怎么着吧?”谢大小姐趾高气扬地翻了个白眼。

“……”

“成还是不成，大男人一个，能不能痛快点？”

“……”

气氛一瞬间的凝滞，结冰。

看上你个头啊！

你脑子进水了吗！

这种事是你单方面宣布看上了就能行的吗？

用脚趾头想也能知道这事不能这么办吧混蛋！

那个人会这样大骂，然后摔门走掉。

差不多，就该是这样的结局吧。

事实上，几乎同时谢大小姐已经开始后悔了。

不该这样说这样做的。偏偏在那样的情势推动下，就是不由自主地这么说这么做了。

然而程锦却意外地没有任何激烈反应。

“你……什么意思？”

最初的震惊过后，他反而渐渐平静下来，迟疑地看着谢华年，好像不太能确定其中真实的含义。

“意思就是说……我喜欢你啊。”谢华年简直不敢相信自己的眼睛和耳朵。

“喜欢。”程锦垂下眼去，自言自语般低声念着，“那是……什么感觉？”

“啊？”

“喜欢一个人是什么感觉？”

“……”

这一回轮到谢大小姐彻底哑口无言。

程锦却猛抬起头。

他依然不太敢看着谢华年，刻意躲闪的目光直直盯着远处的窗帘，仍是尴尬的满脸涨红，语声也轻极。

“对不起。虽然被人说了‘喜欢’是应该要觉得高兴的吧，但是……完全没有实感，弄不明白，也不知道自己该怎么办才好……这样的我，没有资格给你任何回应吧？真的很抱歉。”

他竟然九十度直角地深深鞠了一躬，转头就拉开门跑了，冲出去险些撞在蹲守在门口的陆弘身上，留下整个人都已经石化掉的谢大小姐独自在原地秋风扫落叶。

这算什么啊？

……被拒绝了吗？

啊，好像确实是又被拒绝了呢。

用不用这么诡异的殊途同归啊……

谢华年沮丧地倒回她摆在露台上的鸟窝里，把脸埋进清香绵软的抱枕，闷声哼哼：“弘哥你再帮我去请三天休假嘛……”

“继热感头痛之后小姐你打算索性请失恋假吗？”陆弘始终如一地给出最直白的谏言。

“啊，听起来这个建议不错嘛。”谢大小姐气呼呼地扔出一个抱枕。

这样回想起来，明明有无数个岔路口可以转向不同的方向，但那时候，偏偏还是头也不回地选了这一条路。

之后有一阵子，谢华年都没再去找程锦，或者应该说，是刻意地回避吧。毕竟人的精力总是有限的，多放一些在学业和社会活动上，就能少想一些乱七八糟的事。

直到在那幢尖顶入云的哥特式礼拜堂门前与程锦再次不期而遇。

谢华年是个无神论者，不信神佛，便也不信鬼怪，包括因果轮回报应不爽。

但程锦是个教徒，大概，虽然看起来也不太像。

谢华年一直都觉得，比起“仁慈的主”，那家伙搞不好更信撒旦才对。

如果不是这样，那家伙大概就不会追上来对她说这样的话。

“我能问你是不是在躲着我吗？为什么？”

竟然还问“为什么”。

“找我有事吗？”

谢大小姐当场毫不顾及形象地翻了个白眼。

“也不是有事，就是……每天都能看见的人忽然不见了，觉得，有点……怪怪的吧。”

程锦的眼神很闪烁。

谢华年看着拦在面前的人，顿时感到深深的乏力。

“我说，你这家伙到底有没有自觉啊？我刚被你甩了，还要天天眼睁睁看着你会很焦躁好吗。”

“是吗，原来那就算是‘甩’了啊……”程锦别开视线，低声抱怨般呢喃自语，“你都放弃得这么容易了，说明你其实根本也只是闹着玩玩——”

忽然，他意识到自己说错话一样猛地住了嘴，瞬间脸红到耳根。

但无论是一时不慎的泄露，还是刻意的欲擒故纵，都还是立刻被抓住了。

不，或许只是陷住而已。

“原来你是那种喜欢被死缠烂打的人吗？”谢大小姐讶异极了。

“不是！”程锦矢口否认，转身就想逃，但被一把拽住了手腕。

“我是认真的啊。就是因为是认真的，反复想过了利害关系，所以不打算勉强你做选择。既然你拒绝了，我就放开你，不会去打扰你的生活。但是——”不自觉就勾起了唇角，谢华年死死钳住那只细瘦手腕，用力地将那个人拉近身前，“其实你也喜欢我的吧？”

“……我不知道。”

程锦干脆闭起眼，牙关紧咬的模样像个即将就义的烈士。

“我以前没和你这种大小姐接触过，搞不懂你在玩什么把戏，也不知道你什么时候就会玩腻了，更不了解你的生活……我跟你根本就不是同一个世界的人——”

“啧，你哪儿扯出这么多有的没的。”谢华年不悦地皱起了眉，“我可是都主动到这种地步了，你反而还在逃避什么啊？”

程锦却躲闪地转过脸去，竭力挣扎时，乌黑眼底又泛起异样的粼光。

“不可能承认的吧，谁知道‘大小姐’是不是心血来潮戏弄我的？这种事……一旦承认了就没退路了啊！”

当这句话终于被说了出来，又闯入耳中，一刹那，谢华年愣住了，几乎产生被人一刀戳进胸口插在心脏上狠绞的错觉。

生平第一次。

痛到恍惚。

原来是这样。

竟然还要反过来露出这种受到了逼迫的可怜眼神……

可你究竟想留什么退路呢？

你究竟是，对谁这样没有信心？是我？还是你自己？

“因为我的世界对你而言是陌生的，所以你觉得你没办法掌控。无法全盘掌控的，就宁愿不要，是吗？还真是你的风格。”

谢华年长呼出一口气，颓然后退一步。

“那你又为什么还要跑来和我说话呢？”

程锦沉默地低着头，紧紧抓着自己的衣襟，迟迟地没有应声。

良久，他用低如蚊蚋的嗓音呻吟般说道：“谢华年，如果我说……咱们，试试看的话——”

“只是‘试试’吗？”

谢大小姐只怔了一瞬，不自觉地扯起了唇角。

试试看？

你当这是买东西七天包退呢还是聘任上岗先试用再转正啊？

是要多蠢才能对这种可笑的要求说“好”？

要么交往，要么算了，倒是干脆利落痛快负责啊！

可是程锦搭住了她的手腕，那样好似恳求地轻轻搭住了，低软地喊她：“华年……”

只这一声，就叫她彻底缴械投降了。

谢华年无奈地叹息，终于还是没能忍住，再一次抓住了那只手。

“那就……‘试试看’吧。”

事实上，真正的程锦和外表看来那个骄傲又得理不饶人的模样大不相同。他常常怯懦、不安、没有自信，于是才如此格外逞强又小心翼翼地保护着自己。他其实非常的敏感，神经纤细，但又总喜欢把自己藏在迟钝的假象背后，好像这样就真的可以当作什么也不知道了。

那就像是寄宿在同一个身体里的两个灵魂，无法割裂，亦分不清虚实。这一点，谢华年在真正牵住那个人的手之后，才渐渐看明白过来。

说起来很奇怪，若按照标准来评判，程锦并不是谢大小姐会看上的类型——明明更喜欢温柔体贴又善解人意的暖男才对，但偏偏就是这样说不清缘由地一头跌了进去。

无端端被吸引。

无法自控。

无论闹翻过多少次，无论当时怎样抓狂，发誓再也不想看见那张脸，转身消气之后，依然会觉得那家伙很可爱，很可爱，任性也好，怯懦也好，犹豫不决的小聪明也好，哪怕是人性中无可剥离的残忍，都可爱得让人难以割舍。

事到如今，所有的争吵早已在记忆中模糊成一团混沌，一如调色盘上再也分不清成分的色块，连究竟是怎样分的手也已记不清了，只剩下怦然心动的困扰还复杂又鲜明地活在心底。

那些又痛苦又甜蜜的回忆，轻轻一碰，便又苏醒过来。

或许，这就是玄妙所在吧。

这种叫作“初恋”的心情。

被手机“嘀嘀嘀嘀”的闹铃声吵醒的第一瞬间，谢华年只有一个感觉——疼。

从脑袋开始，全身都在疼，简直就像是骨头错了位。

到处都是烟味。

她皱眉打开车门，强忍着酸痛钻出去，舒展了一下四肢筋骨，终于确定这些事都是自己干的，有些颓丧地抓着头发靠在了车上。

竟然跑到这种荒郊野外，停在路中间，大开着车窗稀里糊涂睡着了。

她又想起来昨天晚上出门之前她似乎还喝了点酒。

没出个车祸或者被人塞进麻袋里拖走卖了，又或者扔进草丛干掉什么的还真是奇迹啊……

谢华年烦躁地狠狠敲了两下自己的脑袋，深吸一口气，重新坐回驾驶座，才发动引擎，就看到油量低的报警灯“哔哔”闪个不停。

昨天晚上到底跑了多远？

所以说，自己到底在干什么呢？

都在犯什么傻呢?!

像个笨蛋一样。

万幸不远处就有加油站。灌满一缸油，一口气开回家，谢华年这才发现自己险些跑出 S 市的地界。也真亏得她这辆座驾有够快，半夜狂飙得不要命，到了白天必须限速，回一趟家竟然花了她足足三个多小时……真是有够胡来的。

打开家门，习惯性就想喊一声“弘哥”却想起陆弘昨晚说已经再也不会过来，于是只好呆愣了一会儿，给自己倒了杯水，顺手按下答录机。

有一通来电。

谢华年一边漱口，一边等听留言，结果一句人话也没听到，就只听见电话录音里一片诡异的沉默，外带不知道是风声还是吐气的奇怪声音……然后就挂断了。

这是什么东西？

骚扰电话吗？

谢华年狐疑地走到答录机边看了一眼。

来电显示是沈弦的号码。

顿时疑惑就成了啼笑皆非的嫌弃。

这家伙搞什么鬼？

大小姐一口漱口水差点喷出来，呛了个半死，恨不能直接把杯子砸电话上，忍无可忍，反追回去直接开骂：“昨天晚上那种时间你打我电话发什么神经？还连个声都不吭就立刻挂断？不要告诉我是你运动太剧烈不小心压到按键上！”

不爽。

郁闷。

心情极差。

急需出气筒。

电话那一端，沈弦的声音有些嘶哑，听来无精打采，“只是……忽然想打给你……你很少把电话转接到公寓座机上嘛。”

“啧，大晚上的图个清静不行啊，没直接关机已经很客气了好吗。”

谢华年不耐烦地骂回去了。

而且你这家伙昨晚不是跟女人在一起风流快活吗？
跑来给我打骚扰电话是想怎样？
炫耀你很行吗？

电话那一边沈弦又挤出两声干涩苦笑，“华年，你……刚到家吗？”
“啊？”
谢华年感觉到自己额角爆出了青筋。

等等，到底怎么回事？
为什么这家伙说话也变成这种德行了啊？
这种吞吞吐吐欲言又止意味深长的诡异态度……
电话那边的人，真的是那个号称“及时行乐，自在逍遥”的“神仙”吗？

暴躁的临界点忽然“咔哒”一下有了微妙的停顿。
“你到底什么事？好好说人话啊？”
谢大小姐静了一瞬，咬牙切齿恶声恶气地质问。
“没事，你去忙吧。”沈弦虚弱地应话。
这一回谢华年是真想砸电话了。

啊，太欠扁了。
好想打啊。
好想立刻把这家伙揪出来暴打一顿！

“那你今天晚上给我空出来吧。下班之后我去医院找你。就这么愉快地决定了。晚上见。”

大小姐毫无自觉地扯起唇角，挂着连自己都未察觉的冷笑，恶狠狠甩下这句话，恶狠狠挂断，恶狠狠继续漱口。

吐出最后一口漱口水的时候。她忽然捂着嘴，一手撑着盥洗台，不动了。

从来没觉得薄荷也可以这么辣过，竟然辣到连眼泪都流出来。

世界在不知不觉的一瞬间发生了异变，尽管没有任何人看见，却再也没有谁能继续假装若无其事地躲回从前。

这一天沈医生过得很辛苦。

自从谢大小姐那一个电话打过来之后，曾经同在一个导师手下做课题的师兄就一直端着一次性纸杯装的咖啡用一种“你的小秘密被我抓到了哦”的暧昧表情冲着他傻乐，还专程跑过来意味深长地拍着他的肩膀发出：“真辛苦呢！现在的年轻小姑娘真是不好应付啊！”之类的感叹。

说是师兄，其实是个已经悲剧地做了好几年论文还是没拿到毕业资格的大叔，几年以来一直在被论文折磨得死去活来，奈何就是通不过。

其实就是因为太三八了所以才会一直连毕业论文都搞不定吧？

这世上到底为什么会有这种卡在一篇论文上既不能通过也不另谋出路反而还天天悠闲地挖掘各种无意义八卦的人存在啊！

沈弦一边默默强忍着牙疼，一边试图解释：“师兄你误会了，其实只是个很熟的朋友……”

但是对方完全陷在自以为的真相里，用一双充满了“不用解释解释就是掩饰你的表情已经出卖了你大家都懂的你要加油啊!”的真诚光辉的眼睛盯着他，美滋滋地做过来人状感叹：“青春真是好啊!”

……

面对各种疑难杂症仍能泰然自若的沈医生只好痛苦地扶额捂住了脸。

啊，可以往这人的咖啡里倒半瓶碘酊吗?

不如还是直接跟老板说说，下辈子也不要让这人论文通过吧!

身为一个自我要求非常高的医生，沈弦相当讨厌自己现在的状态。

医生是风险系数非常高的职业，心脏外科尤其是，如果无法集中精神，是会出人命的。所以工作中的沈弦会强迫自己把其他的事情全部忘掉，只专注在病人和病况上。

然而这次真的失灵了。

现在的沈医生只能顶着两个黑眼圈和恨不得杀人的心情，疲惫地庆幸还好当天没有他必须参与的手术，并且替全体国民祈福，千万不要有哪个倒霉鬼晕了摔了被捅了或是别的怎样了被送来急救。

谢大小姐竟然说要来医院……真是天降红雨日出西山的异象!

来了又会说什么呢?

是程锦的事吧……除此以外，还能有什么别的可能吗?

她到底，会做怎样的决定呢?……

满脑子都是一些怪念头，纠缠成一团混乱丛生的荆棘，每一闪念都是一次隐痛。

是从什么时候起，竟然被影响到了这个地步。

一点一点地被牵制了感情，甚至，连灵魂也被囚禁了。

无法停止。

无法不去想她的事。

谢华年。

这个名字究竟已经在心里扎根疯长了多少年？根本记不清了。

只是因为自己早已习惯在她面前掩饰，笨拙地企图用一只可笑的眼镜框就遮蔽住眼神中所有不愿泄露的狂热，开着一点也不好笑的玩笑，把心情藏在心底。于是，到最后，连自己都渐渐习以为常了啊。

沈弦郁闷地趴在了桌子上，用一叠还没看完的资料文稿盖住了自己的脸。

医院是个很讨厌的地方，充斥着各种疼痛。

谢华年从小不认这东西，只认家里熟识的医生。好在大小姐顺顺遂遂活了二十多年，也没得过什么大病。如果不是因为沈弦，大小姐一定连医院大门都不会靠近半步。

偏偏“神仙”就是个可以二十四小时不间断待在医院里的医生。

空气里飘散着消毒水特有的气味，跟香氛混合在一起，隐隐约约总感觉还有股麻醉剂的味道，即便非常轻微，也足够让谢华年厌恶地皱眉。

“沈医生正在和内科、病理科的医生们会诊，需要我去请他出来吗？”领路的小护士穿着粉色的制服，扭头露出标准的甜美笑容。

“不用，别打扰他。我自己等一下就好。”谢华年连忙拒绝，虽然说着貌似客气的话语，其实斩钉截铁得不容反驳，半点亲切温和也没有。这种微笑的含义她真是再熟悉不过，不仅熟悉，而且实在看过了太多的版本，已然练就迅速将之扼杀在萌芽状态的敏捷身手。

她透过淡蓝色的玻璃窗向医师室看去，一眼看见沈弦站在一面安着灯的板子边上，正盯着上面贴满的一张一张胶片一脸严肃。

这大概就是所谓的 X 光片还是什么的东西吧……完全不明白。

好在也不怎么需要去明白吧。

真不知道这些能够每天盯着各种骨头和内脏琢磨来琢磨去的医生都是什么构造呢？……

大小姐远远地脑补了一下，觉得有点冷。

这年头医生们也都是加班狂啊，明明已经过了下班时间了。

谢华年看一眼手表，再次抬头盯着玻璃那边的那个人。

那是工作中的沈弦。不知是不是因为没有戴那副平常时不轻易摘下的镜框架，所以投入的眼神才毫无障碍地映入瞳中，显得格外清晰。

那种薄唇紧抿眸光锋利的认真表情，谢华年曾经十分熟悉。最初见到，还是在很久很久以前，久到他们都还在念中学的时候。

她看见沈弦独自在图书馆的僻静角落做习题集，厚足十厘米的一大本，已经做完了大半，进度甚至比大多数补习班还要快得多了。

“唷，真意外，你竟然也会这么勤奋啊，神仙？”当时谢大小姐不在意地笑着对沈弦说了这样冒犯的话。

但沈弦却没有生气，而只是平静地如是反问："华年你以为，'才能'到底是什么？

"有个流传了千年的故事，说一个叫作仲永的神童，天生识文断字，五岁就能作诗，所有人都称他作'天才'。可是他却因此而不再努力，整天跟着父亲卖弄既有的那一点才华。不出几年就彻底泯然众人。

"一个普通人即使一辈子都只是个普通人，那也是一件再正常不过的事，但如果是一个曾经的'天才'沦落成普通人，他又会落得什么下场？你猜会有多少过去对他百般恭维羡慕的家伙在等着落井下石？

"所谓'才能'根本不是值得骄傲的幸运，反而是天生的灾劫。被'才能'这种东西撵着脚跟，不想死的话，就只能拼命。真正的'才能'，就是这样拼命的能力和觉悟，否则也不过是率先上岸等死的鱼而已，根本没有任何意义。"

那是谢华年第一次——也是唯一一次听到这样的话，以至于还只是个稚嫩少女的她怔忡良久，说不出是什么感受。

也就是从那一刻开始，谢华年的世界里正式有了沈弦的一席之地。

在那之后的十余年之中，每每有人羡慕地说出："沈弦就好了，什么东西随便看看就会，肯定过得很轻松。'神仙'嘛，跟我们这些平凡人到底不一样啊。"之类的话时，谢华年总会忍不住勾起唇角。

是呀，沈弦的确和你们这些平凡人是不一样的。

你们以为自己了解他什么呢？

这样的想法油然从心底生出，不知该算作是优越感呢还是别的什么。

然而，不知从何时起，沈弦那种认真拼命的眼神就消失不见了。

不，与其说是消失不见了，不如说是连她也看不到了吧。

那个曾经只有她了解的眼神。

这代表着什么呢？

难道是她和沈弦其实也已经慢慢地疏远了吗……

蓦地，谢华年愣了一瞬，从回忆中清醒过来，旋即觉得有些可笑。

一直理所当然地认为，即使不需要刻意去经营，沈弦也会和自己站在一起。疏远什么的，这种事，从前根本想都没想过啊……

细微的人声由远及近，急速在耳边响起，伴随着零散脚步。

看起来终于散会了啊。

医生竟然也和公司上班族一样需要开会，这还是头一次知道。

谢华年看着跟在几位医生后面走出来的沈弦，双手插在兜里，轻快地打了一声招呼。

沈弦似乎正在想什么心思，茫然地应声抬起头，等看清了眼前人，猛地见了鬼一样大大后退了一步，差点没当众摔在地上。

“……不要这样突然出现啊！你在锻炼我的心脏耐受力吗？”

他好不容易才捞回惊魂，赶紧小跑两步迎上谢华年身边，与其说是在抱怨，不如说在哀怨来得更贴切一些。

“早说过要来的啊。”

谢大小姐拒绝对这场“意外”负责。

已经有人好奇地笑着张望过来，表情里带着暧昧的揣测。

这种气场十足的大小姐，无论在哪里都实在是太抢眼了……

沈弦慌忙和同事道别，以最快的速度换好衣服跑回来，拽起谢华年就往电梯间走，一边有一搭没一搭地说话。

“我还以为你最多站在远离医院大门三百米的地方就已经很了不起了。”

脚步有些急促，努力也无法平静，还有种莫名其妙的心虚，说出来的话也变得十分奇怪。

可到底是哪里不对呢，又怎么也弄不明白。于是，整个人都愈发焦躁起来，越是想说点什么不要被对方察觉，反而越觉得自己像个笨蛋一样，从头到脚都不对劲。

“不至于啦。爷爷上次住院的时候，特护病房我还是去过的。反正只是来找人，又不用待多久。”谢华年倒是不在意，随口应答如常。

这一回的电梯来得特别慢。

沈弦死死盯着变换中的橙色的数字，紧张得差点没开始啃手指。

“你这家伙是怎么了？”

一副“不行了憋不住了”的窘相……

谢大小姐终于疑惑地发问。

当然，基于涵养和形象问题，后面那句直观感受大小姐自己咽下去了。

“没事……”沈弦简直想哭，“你这么急找我是有什么事吗？”

按理说，这地方和时机都糟糕透了。

明明应该等离开医院找个什么可以坐下来喝一杯的地方再开口的，做好充分的准备，不论听到什么，不论说出什么，哪怕吵一架，或者干脆大打出手都没有关系。

可就是无法自控。

像个怕死又恨不得干脆早死早超生的死刑犯，彻底被压到了崩溃的边缘，终于发狂地扑上去，自己扳下了铡刀。

片刻沉默之后，他听见谢华年淡淡地应了一句："啊，有点事拿不定主意，没法下决心，所以想找人聊聊。"

她既没有敷衍了事，也并没有继续深入下去的意思，而是立刻扭转了话题的方向。

"你在医院的时候都不戴你那破镜框的啊？"

"总觉得多多少少还是有些影响观察操作。做医生可不是耍帅闹着玩，这可是人命呢。"沈弦顺着接过话来，心情复杂地松了一口气，一边想着"这是对的，这样才是正确沉稳的做法"，一边习惯性地取出他的镜架。

然后他听见谢华年带着笑意的声音。

"那就干脆不要戴了。不戴比较好看。"

"……别开这种玩笑啊！"

沈弦整个人都怔住了，捏住眼镜支架的手也悬在半空。

"我是说真的，感觉这样终于又能看到你的眼神了呢。"谢华年认真地肯定。

她说着伸出手去，将还捏在沈弦指尖的镜框拿过来，随手塞进自己的衣兜里，显然不打算再还给他。

一瞬间恍惚，不知该作何反应。

沈弦呆看着面前的人，看着那双熟悉的乌黑凤眼，迟迟说不出话来，开口前先“唰”得涨红了脸，只好扭头躲开了，觉得连耳根也在发烫。

总觉得，这样下去就危险了。

可是，真的会在意吗，我的眼神……

从不敢奢望的想法忽然撞进心里，刹那间地动山摇。

“啧，你在害羞个什么劲，认识多少年了，让我看两眼你又不会死。”谢华年诧异地看着沈弦熟虾一样的脸，强行把他扳正过来，仔细地盯住了他的眼睛。

没有了眼镜框的遮蔽，一切都暴露得太过直接而真实。

“你到底要干什么啊……华年！”

沈弦已经完全不知道手脚该如何摆才好了，只觉口干舌燥得快要虚脱。

但谢华年却露出失望的神色来。

“刚才那种眼神没有了。工作时的眼神。”

她松开手，语声中颇有些不甘心的意味。

“我觉得有好多年没看见过你这么认真的样子了。怎么说呢，有种……与其说是‘沈弦忽然变成帅气的好男人了’，不如说‘沈弦到底不愧是沈弦’吧……这样的感觉。”

话音未落，沈弦已经开始觉得腿软，前所未有的乏力。

这家伙……到底知不知道自己在干什么啊？

忍不下去了……

忍不下去了。

忍不下去了！

即便之前再如何告诫自己，一遍又一遍地做着各种心理建设，一旦看到那张脸，听到那个声音，就再也忍不下去了。

何况，还被说了那样的话。

这是被称赞了吧？

被说“帅气”还有“不愧是沈弦”了吧？

所以说其实自己还是有好好被她在意的吧？

已经没法控制了。

好想扑上去，就这样扑上去，别的什么都不想去管！

“华年……”

“啊？”

“其实……我——”

就在沈医生终于鼓足平生最大之勇气把狼爪搭上谢大小姐肩膀的那一瞬间，电梯进站的铃声“叮”得一响，非常不识趣地把那一点好不容易汇聚起来的决心惊得魂飞魄散。

浑然不觉的大小姐走进电梯，转身看见沈弦还雕塑一样愣在原地，奇怪地出声喊他：“快点进来啊，喂，沈弦？”

几乎石化到裂掉的沈医生强忍着内心深处的哀嚎，沮丧地钻进电梯，只想随便找个墙角蹲进去种蘑菇。

“你刚才要说什么？”大小姐还很无辜地看着他。

“不……没什么……真的没什么……”沈弦狠狠吸了吸鼻子，忍住呜咽。

一定有什么地方出了问题。

到底是哪里出了问题呢？

气氛不对，环境也不对，真是……糟糕透了……

人生你这张茶几到底还敢怎么更糟糕一点啊！

碎成一片一片的沈弦医生无语凝噎地看着同电梯的另外三位乘客，眼泪默默在心底流了一大缸。

电梯行至地下车库，出门，拿车，系好安全带，一路上两人谁也没说话。

谢华年没有开车，“反正也没事，随便走走过来时间就到了”这样的说法多少让沈医生感觉有些魔幻。

不对，太不对劲了。

如果是从前的那个谢大小姐的话，自己懒得开车时会叫司机来送就算真要步行也会说些“我今天就是想走路你有意见吗”之类的话不是吗？……

突然之间平常十分讨厌的地方也愿意去，突然对他说了“想看你的眼神”这样微妙的话，突然流露出与人疏离的倦意……总之各种不对劲。

到底发生了什么呢？

你和程锦之间。

你真的……被那个叫作程锦的人改变了啊……

从前的谢大小姐即便苦恼，也绝对不会露出这样犹豫不决的神情，不会前思后想语焉不详，更不会把疲惫暴露给任何人看见。可是，现在的谢华年看起来就像只迷途的凤凰，虽然依旧用华丽的羽毛掩藏着累累伤痕，却再也飞不动了，感觉随时都会坠落下来。

“那个，华年你……真的还好吗？”

被堵在高架桥上冗长的车流中间时，沈弦终于按捺不住再次开口。

尽管立刻就后了悔。

直觉这根本是个显而易见的蠢问题，可还是让他问吧，否则他真要被这令人窒息的诡谲与沉默逼疯了。

都市的声音单调而嘈杂。

谢华年一手搭在车窗边沿，撑着脸，发呆一样盯着窗外高高低低的钢筋楼房与各色车辆，似未曾听见这提问般，良久，才静静地应道：“程锦回来了。昨天去见了一面。你走了之后。”

简洁明了，意料之中的答案。

“哦。”

沈弦愈发觉得嗓子干到生疼，大脑被汽车的嗡鸣声扰乱了，舌头也打了结，只能干瘪地追问：“那，打算怎么办？”

“搞不明白那家伙到底在想什么。”谢华年轻声叹了一口气，低头抵着额角，颇为无奈的模样。

“……要回去吗？”

缺口一旦打开，就再难刹住。

“不知道。”

熟悉的侧脸上，是唇线微扬扯出的苦笑。

“理智一直在说，如果回去的话，一定会死得很惨吧。”

“所以啊——”

把那家伙忘干净，彻底当他是个路人甲不要理他啊！

这样的话到底没能说出口。

大道理谁都懂，真要做到，太难了。

否则他自己又还在苦苦地守着什么呢，随便去跟个爱自己更多的人在一起不是很好嘛……

S 市的交通拥堵真是糟糕得可以，大大小小的车辆头尾相接，把整座高架桥塞得满满当当，一寸一寸往前蠕动，简直比爬还慢。

压抑不住得频繁从后视镜里偷看对方的表情，却又被罪恶感与尴尬困扰着，沈弦只好强迫自己一个劲盯着前面那辆三菱 SUV 的备胎，心里毛躁得一团糟，无数次有狠狠踩油门直接撞上去的冲动。

谢华年也一言不发地盯着窗外，一副心不在焉的模样。

气氛骤然冷得有些僵硬。

华年又在想什么呢？

为什么又露出这种表情？

这样的念头反复翻滚，令人倍受煎熬。

“小弦，你说……如果我离开家里的公司独立的话，会怎样？”

当问询终于打破沉默，一瞬间的错愕，沈弦惊得几乎当场跳起来，下意识就踩了刹车，整个人都在惯性的作用下向前倒去。

那种感觉，就好像是忽然被尖刀刺中了软肋。

催促的鸣笛声吵闹不断。但已经听不进去了。

“你想干什么？”反问时不自觉地就拔高了音量，手指在方向盘上捏得生疼。

“没什么，我只是觉得，这样下去是不行的，得早作打算才是——喂，该走了，不要停在路中间啊！”

谢华年转回头来，指了指前方已经空出一大截的路面，催促。

她在沈弦重新把车平稳地追上去之后，才继续开口说下去：“过来的路上我一直在想，所谓股票、基金之类的金融产品，其实都是些庄家操盘的泡沫罢了，要想独立站得住脚，还是得靠实业才行。但是以我现在的资本能做什么啊，做实业没有专业技术根本行不通。如果要去做金融，又根本没有其他的投行或者公司敢用我吧？真是的……想到这些烦心事就看你不爽，医生这种存在只要有人就有需求。像我这样，真是连自力更生的余地都没有。”

“你就这么认真吗？”沈弦不由自主地又一次捏紧了方向盘。

看起来已经前前后后都仔细想过了嘛……

为了程锦？

真的已经做好就算和家里决裂也要在一起的打算了吗？

明明不过是那家伙自卑而已，你有什么必要为了满足他渺小的自尊心委屈自己？

心底淤积的阴郁黑沼般冒着气泡涌出来，几乎阻塞了呼吸。

沈弦听见谢华年自嘲的苦笑。

“不认真不行了啊。总不能一直这样下去。”

“……会很苦哦。”他担忧地扭头望着她。

“我知道。”

“真到了活不下去的地步，什么讨厌的事情也必须要去做，真的想清楚了？”

“想清楚了啊。”大小姐再次扭头看过来，略有不满地微微皱起了眉，“你觉得我是没觉悟之前就会把话先说出口的人吗？”

的确，你不是。

车流依旧拥堵着，缓慢地推进。

沈弦忽然心里飕飕得冷。

“那么，从广义上的实业来讲，对你这种就算不会做也绝对会挑的‘大小姐’而言，娱乐服务行当可能是最好入手的吧。开家 Cosplay 主题餐厅或者酒吧、咖啡吧什么的。而且，如果是你这种‘美女店长’镇店的话，阿宅们肯定也会蜂拥而入啊。”

其实这话是随口说的，谈不上什么诚心建议。

“你在教我怎么卖色骗钱吗？”大小姐果然也就是嗤笑了一声，丝毫没有当真的意思。

但沈弦却还是感到烦躁。

“所谓‘赚钱’本来就是把别人的钱从包里掏出来变成自己的，这种事你从小就比我清楚得多吧。反正你现在也就是想自立而已，又不是在追求什么理想中的事业——”

话到这份儿上，沈弦忽然就噤声捂住了嘴。

太失控了。

因为一直在想着“你这么认真也都只是为了程锦我却还要来帮你出主意”这样的事，所以打从心底抵触着，实在没办法继续扮演出谋划策的挚友，一不留神就说了差劲的话。

可是说出去的话就如同泼出去的水，即便意识到说错，也未免迟了。

“抱歉，我……”

幸亏车已经堵到根本开不动。沈弦消沉地直接倒在了方向盘上，恨不能挖个洞把脑袋埋进去。

好在大小姐似乎完全没往心里去，也不见着恼。

她只是颇有些自嘲地轻笑，平静开口。

“说得对啊，大概我就是因为一直以来没怎么认真思考过‘理想’之类的事情，才会不知道自己到底该怎么办吧。越是发觉到自己无能，反而越不知该如何走下去，忍不住不断想着过去的事。看准一个目标走下去就可以了，努力就一定会有回报，人生这种东西，如果能一直这样单纯该多好。”

她说着，忽然伸手在那颗还耷拉着的脑袋上敲了一下，话锋一转。

“不过你也不要把服务行业想得太简单啊。”

“华年……你……”

欲言又止，不知该从何说起才好。

沈弦抬起头，条件反射地揉着头顶。

手指碰触的感觉还残留未消，并没有多痛，只是有种微妙的惆怅。

如果你其实已经想得足够清楚了，方方面面，为什么还要来找我呢？

还有什么是需要找我商量的？

这样的疑问想来想去也想不明白，更问不出口，只好妥协了，放弃了，不再为难自己。

他盯着眼前看不到尽头的车龙，郁郁地长出一口气，低声喃喃自语："不用那么逞强也无所谓啊，真是的……万一真有那么一天，我养你就好了。"

"嗤。说什么胡话。"大小姐毫不客气地回给他一个白眼。

沈弦默默地微笑了一下，没有应声。

不是胡话啊。

我是真心的这么想。

不然你以为我又是为什么每天都在拼命努力？

可是，这种心情，你一定不明白吧。

无论我再如何想要，你也绝不是甘心依赖别人的家伙，不是么？

你怎么可能允许我养你呢……

心里这样想着，嘴上却无法说出来，明明话都已到了嘴边，也还是只能眼看着这样的自己被当成一个笨拙的玩笑一笑置之。

因为是真的喜欢，太喜欢了，反而没办法好好说出来。

越是在意，越觉得恐惧，害怕变化，害怕平衡打破之后一切都再也无法回到从前。

因为害怕，所以宁愿这样停在原地一步之遥地望着，也绝不想彻底失去。

说来说去不就是患得患失的胆怯而已吗。

这样的自己，可耻地背叛了友情和信任，却丝毫没有承担这背叛的勇气和觉悟，难过也好，痛苦也好，根本都是咎由自取，并没有奢求同情的资格。

车流终于一点一点地又活了过来，好不容易从最拥堵的路段开出去，重新恢复了速度。沈弦轻吁一口气，强打起精神，竭力撑出轻快语调叹道：“总之……心情烦闷的话做什么决定都不灵的吧。这种时候就把别的事都扔开先去吃饱肚子好了。今天晚上想吃什么？”

“你这个吃货！”

谢大小姐终于扭头看了正憋着一脸复杂神色认命充当五好司机的沈医生一眼，无奈笑出声来。

沈弦怅然扯起唇角。

“是是，‘女王陛下’你说什么都对！”

害怕寂寞的爱

爱情，并不是付出了就一定能有回报的游戏。

CBD 的高档法式餐厅大小姐说不想去，只想找个安静的地方，人越少越好。

这要求让沈弦好一阵心情复杂，一方面为大小姐一反常态的消沉而苦恼，另一方面，却又多少因为能够更进一步的独处而欣喜。这种微妙的矛盾深深地困扰着他，不时便会从心底冒出来，令他不知该如何自处。

就在这种大脑间歇性短路的状态下，沈医生说："既然讨厌人多的话，不如……我们直接去泡温泉吧。"

谢华年瞥了他一眼，没立刻说话。

"离城市远远的，有树有山还有温泉和美食，难得安静轻闲，无论什么烦心事都可以暂时抛诸脑后，彻底地好好休息一下。不是很好嘛？"沈弦忙不迭补充解释。

"我倒是没什么问题，不过你明天不用上班吗？"

女王立刻敏锐地质疑了骑士的提议。

"啊，没关系，中午的时候申请了三天换休。"沈弦笑着吐出早已打过无数回腹稿的答案。

"……所以你早就预谋好了啊？"谢华年挑起眉，却也没再说别的。

于是数个小时之后，当他们真的置身在常去的温泉旅馆，一切都骤然显得有些不真实。

有别于客流往来的大众旅馆，这里算是有钱人的专属地，占据了山中最美最优的资源，只对会员客户提供预约服务，因而人丁稀少到可说是冷清的地步。

身着缎面吴服的老板娘提着灯早已在门前等候多时，看见他们立刻迎上前来行礼，一面安排侍者去接手停车。

这样的情形果然是早有预谋啊……

沈弦这家伙，也不知道是该夸他细心好，还是骂他奸诈。

谢华年一时有些出神。

但是，真是个好地方，空气里有种清凉的淡香，让人不知不觉地安静下来。

走在碎石铺就的小路上，老板娘绵软的嗓音含着轻笑在寂静中荡起："听说二位要来，紫晶馆的客人交代我无论如何也要请二位过去一叙呢。"

会住在紫晶馆还要见他们俩的客人，除了王不爱那个大魔王再不作他想。

"绝对不见——"

谢华年拒绝的话还没说完，那边正主的声音已经传了过来。

"就知道你会这样，所以还是不辞辛劳亲自来'迎接'一下好了。"

就在不远处的回廊下，站着一个细瘦清秀的人，正笑眯眯地抬起手对他们招呼："哟，好久不见啊，年年小亲亲!"

王不爱，大魔王，谢大小姐有生以来唯一感到头疼甚至害怕的对象——虽然在王不爱本人口中，她和谢大小姐从来都是"如胶似漆"的闺蜜关系。

谢华年反应了三秒钟，愤而皱眉甩袖子："你能不用这种恶心的腔调喊我吗?"

王不爱托着脸，满脸可爱的微笑，"这个好像不行呢——再说我喊的是你哦，才不是你妈。”

啧，这种恶魔的吐槽风格……

“……那你就不能假装没看到我吗？”谢大小姐险些抓狂，真心很想求放过。

而沈弦则险些直接趴下。

瞬间乏力。

这个世界上有一个不为人知的小村庄叫作倒霉村，连任村长不是别人，正是被悲剧无限笼罩的沈医生。

不然有没有人能够解释一下，为什么身为一个从小就几乎没输给谁过的存在，却在他最重要的女王陛下面前一直被炮灰，一直被错过，一直被无视，一直被酱油，一直被主角脸配角命就差缺胳膊断腿领便当，连难得一次的温泉福利都还有大魔王突然冒出来破坏他蓄谋已久难能可贵的二人世界啊？

一切的一切都是因为倒霉吧。

他怎么能倒霉到这个地步？

这种名叫“倒霉”的绝症，大概到下辈子也没药医了。

沈医生在心底默默地哭泣。

在紫晶馆下榻的是王不爱和妹妹王不理。

暂时。

按照王姐姐的说法是男朋友正在和委托人会谈，大概还得一会儿才过来，跟妹妹两个人吃饭实在太无聊了，所以需要拉人解闷。

“……这就是你所谓的‘无论如何’也要见一面啊？”

对于这种明显就是胡扯的理由，谢大小姐表示完全不能接受。

“跟我两个人吃饭比跟这种家伙一起还讨厌吗？”

同样，王妹妹也表示完全不能接受。

王不理，王不爱的小妹，程锦那个“麻烦”的师妹，据说得名于姐妹俩的母亲——王家的当家太座在怀着王不理的时候不知道为什么特别想吃狗不理包子……

相较于姐姐王不爱令谢大小姐“头疼”的出生自带技能，王不理则完美扮演了从小被无视被欺负的缺爱少女角色。

王不理讨厌谢华年。

也没有什么特别的理由，大概就是看不惯那个大小姐天生就比大家都更高高在上的模样吧。

外加，后来又有了程锦。

王不理和程锦，据她自称，是“不是闺蜜，胜似闺蜜”的关系。

王不理也说不清楚自己究竟是不是喜欢程锦，或者说，爱。但她讨厌看到程锦难过。

而谢华年让程锦难过了。

至少在王不理的视角，事情就是这样的。

谢大小姐伤害了她在意的人。

所以，王不理讨厌谢华年。

她也不明白姐姐为什么和谢华年那么要好。

虽然谢大小姐每每看见王不爱都是一脸恨不得立刻转头逃跑的表情，但那两个人是很要好的，好得甚至超过了她这个亲妹妹。王不爱一向是疼爱妹妹的，然而每次涉及到谢华年，每一次，王不理觉得她都会被姐姐毫不犹豫地一脚踹开。

所以，王不理特别讨厌谢华年。

而今，可怜的妹妹再一次被不留情面地扔去了墙角。

“坐下来一起聊聊嘛，好久不见了，难得这么‘巧’遇到。”

王不爱还在气定神闲地泡茶，姿势和表情都相当“标准”。

“呵呵，你猜为啥咱俩已经‘好久不见’了？”

谢大小姐额角爆出一根青筋。

“年年，这个抹茶紫甘蓝寿司蘸海鲜酱很好吃哦，是我‘亲自’指导主厨做的！”王不爱指着一块颜色看起来就很像有毒的寿司继续笑说。

“……你说好吃的东西就不用了，谢谢！”谢华年一脸虚弱地挣扎着一口回绝。

作为大魔王和一个味觉异常的黑暗料理界泰斗，凡是王不爱说好吃的东西，正常人吃了多半会死吧。

谢华年大小姐真心觉得，她竟然还坐在这里没有掀桌子走人实在是个奇迹。

当然也可能只是惯性而已。

王不爱和王不理的父亲在谢家的企业供职，属于外姓高层骨干中的一员，常年外派美国，和谢大小姐的父亲一起坐镇北美。

这样的关系使得两家的孩子在很小很小的时候就已经认识了。

遥想当年，小谢华年和小王不爱之间最经常出现的对话，通常是这样的：

“喂，年年，我爸爸被你爸爸派到美国去工作了哟，我和不理现在像没有爸爸的小孩一样可怜都是你的错，怎么办才好呢？”

“为什么这是我的错啊？”

“因为我爸爸在帮你们家做事啊。”

“但是我也每天都见不到父亲啊。”

“你爸爸只是在给自己家做事而已吧。”

“……那你到底想要怎么样嘛？”

“帮我照看一下不理。”

“你要去干什么啊？”

“帮你试玩一下新 Wii？”

“……喂，你这不叫帮我吧？”

“但是——”

“……你又故意摆出那个哭脸！上次就故意在爷爷过来的时候哭害我被骂！”

“呜呜呜呜呜哇——”

“行……行了！我知道啦！你不要哭啦……顺便让你妹也别哭了啊！喂！”

那真是一段……悲伤的往事。

在经历过两次被说“不爱小姐不是很可爱嘛，笑起来又温柔又善良的样子，甜得就像小天使一样，大小姐你就不要那么任性了，要跟人家好好相处才行哦！”之后，幼小的谢华年就在心底坚定了一条真理——关于王不爱这个人，试图自辩比不解释更糟糕。

后来，当两人稍微长大一点，懂得的事情也更多一些之后，以上对话的版本就发生了些许微妙的变化。每每王不爱再这么开场的时候，谢华年都会反驳：“其实你爸他只是在赚他那一份薪水而已吧！”

然而——

“以我爸的本事愿意给他这份薪水的地方很多啊，不一定非得给你们家做事吧，大小姐？”

“哦，那就让他去啊！”

“说的也是呢，你们家的高层内幕肯定可以卖不少钱，保守秘密也是很辛苦的呢。而且，以大小姐你的身份说这样的话真的合适吗？按照竞业协议，你如果要我爸走的话，可是要‘赔’不少钱的哦。”

“……你在威胁我吗？”

“没有哦，你看我明明笑得这么真诚，只是说出事实而已呀。”

“……”

看起来……并没有任何实质性的改变嘛！

以至于，在相当长一段时间里，谢华年都觉得王不爱那张笑脸就是在跟她说：“有本事就解雇我家老爹让他乖乖回来啊？你不行吧？不行吧？不行就去抱着你爷爷哭吧！”

就这样，不堪回首的往事又翻过了凄凉的一页……

当大魔王不爱小姐终于嫁出去了，啊不，是王不爱的注意力终于转移到一个大名顾南国昵称“顾面瘫”的人——也是她的现任男友身上的时候，谢大小姐在第一时间怀着无限感慨的心情，派出身边最信任的“随从”陆弘代表自己紧紧握住了这位焕发着神性光辉的救世主的手，并送上了最发自肺腑的祝福：“顾兄，你……请务必多多保重！不爱以后就拜托你了！”恨不得立刻大赦天下以此分享自己堪比刑满释放的……喜悦。

至于这段错综复杂的关系的外界谣传版本就完全不可信了。

虽然当年，似乎确实是有不明真相的围观群众交替着猛传了一阵谢大小姐和王不爱为了抢一个男人闺蜜反目的血雨腥风，以及谢大小姐和王不爱百合情深被不知道哪里冒出来的平民男横刀夺爱的喜闻乐见。

狗血八点档什么的，大众总是最爱看。

后来这件事就以女主角之一王不爱每天胡编一个版本的“故事真相”透露给不同的线人，开心地搅了一把浑水，搅得所有人都懵了恶心了啥也不信了而不了了之了。当然王不爱小姐除了玩得很开心之外，也没忘了在私底下开盘下注做局坐庄捞一票……

总而言之，王不爱就是这样一个大魔王般的存在。

如果有人要说王不爱明明是一副温柔和善的模样才对，那么谢华年大小姐一定会沉痛地送他四个字：

“善自珍重。”

和谢大小姐抱有相同想法的当然还有沈医生。

不，或许应该说，比大小姐更咬牙切齿一些吧。

此刻的沈弦蹲在墙角，眼睁睁看着自家的大小姐被半路杀出的大魔王掳走了，美妙的独处时间扑啦扑啦飞走了，幻想中的温泉旅行搞不好也快要泡汤了，一股深深的弃犬般的悲伤便从心底汩汩地冒了出来，满腔阴郁的潮湿。

“为什么大魔王会突然出现在这里啊，老天爷你到底有多恨我……”他抱着头，沮丧地呻吟。

抱怨刚一出口，同样被“扔”在角落的王不理的声音也立刻蹿入耳中：“这是我想说的话吧？特意来休假还要遇到讨厌的家伙！”

“那还真是失礼呢，能请你解释一下‘讨厌的家伙’是什么意思吗？”沈弦敲了敲铺着榻榻米的地板。

“哦，抱歉，我天生比较诚实而已。那种不管从哪方面来看都是‘敌人’的家伙说‘讨厌’已经算是客气了。”王不理丝毫没有反省意思地摊平了双手，“不过我和你的话怎么看都算是相同立场，应该可以成为盟友吧？”

谁跟你立场相同？

沈弦没好气地皱起眉。

果然还是小鬼，说话不客气也就算了，竟然还这么自作主张。

但王不理却是一脸“都已经被一起扔进角落了你就别不承认了”的表情，颇具安慰意味地拍了拍沈医生的肩膀，擅自接下去说道：“说起来，你们俩既然一起来这里，也就是说已经差不多了吧，‘那个’。”

“哪个？”沈弦微微一愣。

“装什么傻啊。当然就是说‘那个’啊。你喜欢那家伙不是吗？”王不理晕倒状翻了翻白眼。

“啊……啊？”

沈弦一时有些发呆，旋即紧张起来，下意识便向谢华年所在的方向望去，确信大小姐并没有听到，才稍稍缓和下来。

胸腔里依旧怦怦跳个不停，总有种做贼被人抓到的不自在。

这种忽然被戳中心事的感觉与其说是吃惊，不如说是尴尬来得更加贴切，下意识就想要辩白。

“只是看她有点消沉，所以来散散心吧。”他目光游移，缓慢地开口，“你跟你姐还不是一起来这里——”

“我才不是跟老姐一起来！那家伙明摆着是和顾面瘫约会，约会啊！虽然主角迟到了，但我真的只是被拽来当苦力的！苦力！姐俩一起泡温泉什么的……就算我想老姐也不会愿意啊！毕竟，这种地方就应该是情侣一起来才会有那种LOVELOVE的感觉嘛！”王不理全然没有自觉，喋喋不休地继续发着牢骚。

这小丫头真的会说人话吗？

接二连三的打击令沈弦愈发黑云压顶，有气无力地发出几百天没吃饭一般的哀声："为什么连你都知道……"

"你这家伙太明显了吧。"王不理丢给他一个"你是白痴吗"的眼神。

"……明显吗？"

"不明显吗？"

"……很明显吗？"

"很明显哦。"

"但是，她就根本什么都不知道呢。"

沈弦不由再次向正坐在玄关前的谢华年看过去，忍不住轻声一叹。

如果真有那么明显的话，为什么当事人反而半点反应也没有呢？

"咦？"王不理盯住沈弦，似乎没反应过来般眨了两下眼，忽然爆出一声惊呼，"咦咦咦咦咦咦——不是吧！"

"你在乱叫什么啊！笨蛋！"沈弦被叫得心里发毛，跳起来一把捂住那张可以吞鹅蛋的嘴。

这样大声乱叫未免也太危险了！

万一被听见的话……

无法想象，沈弦只觉得整根脊柱都凉了。

王不理倒是全然不怕，一点也不客气地将沈弦拍开，颇鄙视地侧目盯着他。

"你自己才是笨蛋吧！为什么真正到了要紧事上反而婆婆妈妈的？什么叫

作‘她就根本什么都不知道’啊？难道你连好好把心意说出来都还没做到吗？”

连串的追问，堪称无礼的责难，虽然也是压低了嗓音在说的，依旧令人如坐针毡。

莫名，沈弦竟觉得羞怯。

他甚至无法理直气壮地替自己辩解，只喃喃犹如呓语：“都这么久了……如果真有可能的话，就算不用说出来，多少也应该能感觉得到——”

“感觉你个头啊！你脑子是棉花做的啊？”王不理诧异地打断他，一副气得冒烟的模样，“不管对方有没有看出来，心意当然都应该要坦白说出来才行啊。那种期期艾艾不开口总想等着对方先去意会的家伙其实只是懦弱没胆害怕承担责任吧！你是这种人吗？”

“当然不是了。只是觉得……觉得……”

沈弦本能地反驳，说着说着，却又失声。

明明全世界都已经看出来了，那家伙还是一点反应都没有，简直就像是在刻意无视一样。

是不是不希望我说出来呢？

这样想着就觉得，一点底气也没有了。

是的，这才是真正的无法言明的真心话。

其实并不是不想说出来，反而是太想说了，偏又没有说明的自信，如此矛盾到几乎就要崩溃。

“可怕。为什么凡是和那位大小姐扯上关系的都是一副凄惨模样？那家伙其实是鬼吗？”王不理看着在神色复杂中沉默的沈弦，发出“嘶”的抽气声，夸张地抱住胳膊。

“我才是想问，你那个‘程锦师兄’到底是什么东西？”沈弦立刻毫不示弱地回敬了她，“突然插足进来，突然消失了，突然又跑回来，神神秘秘奇奇怪怪的，到底想干什么啊？能不能干脆一点——”

“喂！师兄是怎样的人你根本一点都不了解吧？有什么资格这样讲啊？”

说到程锦，王不理顿时像炸了毛的猫一样，一副弓起背哈着气准备战斗的架势。

“我没事干吗要去了解他。”沈医生摆出一张皮笑肉不笑的冷脸侧目盯着身旁正“哈哧哈哧”喷气的小猫，“同理，你又知道华年什么就敢一而再再而三地对她大放厥词了？”

“我不就那么随口一说吗。”王不理差点整个人趴到地上，“切，真没见过这么护短的。小心眼！自虐狂！”

“啊，多谢谬赞了，彼此彼此。”沈弦显然气还没有出完，眼角笑意愈发泛起闪闪寒光来，睨一眼还在愤愤捶着地板的王不理，反问：“王小妹，我说，你这么殷勤地撮合我和华年到底是在指望什么呢？就算华年不跟程锦复合，那家伙也不一定给你接盘啊。”

其实这么说是很有些刻薄的。

沈弦觉得心里的恶意已无可避免地漾出来了，无论如何努力，也堵不住。

但王不理就好像天生的粗线条女战士，根本不把这些含讥带讽的语言攻击放在心上，只是理直气壮翻了个白眼，哼道：“明明是我善良、热心又可爱不可以吗？”

“那位程先生还真受欢迎呢。”沈医生歪歪嘴角，“他到底有哪一点值得你这么维护啊？你眼神这么不好，大魔王也会伤心的吧？”

“啰唆死了！老姐才管不了我！”

“哦，那就是说告诉她也没关系了？”

“……你这死老头子个性到底是怎么养成的啊？气死我了！小气鬼当心走路被猪踢！”王不理额头贴着地板，只好抓狂地狠狠揉自己空气蓬松的可爱短发。

过了好一会儿，她忽然又竖起身来，端端正正地坐在沈弦对面，拧着眉开口：“喂，我是很认真地说啊，你也好，程锦师兄也好，那位大小姐能不要这么摇摆不定地赶紧选择一个把这种奇怪的关系结束掉吗？”

那神态竟是认真至极。

“……为什么事实到了你这里就可以被歪曲成这样啊？”沈弦差点胃疼到撞墙。

根本不是华年的错啊。

明明是那个叫程锦的家伙不好。是他那种暧昧又自卑的态度配不上华年孤注一掷的热烈。

不过是情深错付，一场厮杀，既然伤了人，自伤便是咎由自取，想这样通过别的什么人来把自己撇清成无辜的受害者……未免也太狡猾了吧。

沈弦在心里愤愤地冷笑。

王不理却振振有词地鼓起腮帮子，“本来就是吧。一边跟程师兄牵扯着，一边又跟你这家伙这么不清不楚。”显然不认为自己的认知有什么错误。

“‘不清不楚’……我说，我跟你真的活在同一个世界吗？”沈弦嫌弃地扯起唇角。

“说‘不清不楚’已经很委婉了好吗。你们两个不管在哪里只要站在一起根本就是一副超默契的夫妇相啊，感觉上大小姐只要一伸手你就能知道报纸翻到第几版、筷子要递哪一双、今天应该配什么领结衣服鞋子包包！”

“原来我才是主妇啊……”这回沈弦真的撞到墙了。

“哎，总之怎样都好了，赶紧安定下来不行吗。不然谁都没办法往前走了啊。”王不理一只手撑住下巴，一本正经地摆出张老成脸。

说得倒是容易又轻巧……

如果真的能够赶紧安定下来，谁会不愿意？

沈弦默然良久，抬起眼，“为什么？”

为什么这么在意这件事？

王不理眼底显出一丝困惑来，静了一会儿，犹犹豫豫地答：“因为师兄对我来说是很重要的师兄，看到师兄伤心没精神的样子，总会觉得没法放着不管吧。”

那种家伙也会伤心吗？

沈弦冷笑一声，显然并不认同。

这轻蔑意味明显的神情立刻让王不理跳起来，激烈地握紧了拳头，“师兄可是被最喜欢的人放弃了啊！反正肯定是你们家大小姐甩人吧？果然你们这种一直被期待和赞赏包围的家伙根本就不可能了解啊！我们这些人，我们这些‘普通’人，光是站在你们身边就拼尽全力了，真的很累很痛苦啊！”

“……你这种‘反正’到底是从哪里得出的结论啊？”沈弦怔了一瞬，旋即又深深地为这理所当然的“反正”而无言。

什么你们我们。

什么普通不普通。

都是人罢了。

连“普通”有多难能可贵都不懂的小鬼一个呢……

沈弦静静看着眼前的小姑娘，觉得不想说话。

“总之我真是搞不明白你们在想什么，”王不理持续焦躁地抓着头发，“真的喜欢那个人的话，那就紧紧地抓住他不就可以了吗。明明是很简单的事情，你们到底想怎样啊，师兄也好，那个大小姐也好，你也好……我看都看得烦死了!”

到底谁邀请你看了?

竟然还一脸自己受到了虐待恨不得退票的样子……

“真好啊，完全不知什么叫人生苦恼还喜欢乱蹦跶的小鬼!”

沈弦有些哭笑不得。

但自觉受到了轻视的王不理猫立刻又炸毛开来。

“你才小鬼呢！我早就成年了好吗!”

沈弦撇嘴，“不想被当成小鬼就不要总说些幼稚的话。”

“你这连告白都不敢的废柴有什么资格说别人幼稚啊?”王不理理直气壮地吐舌头。

沈医生已经彻底忘记“形象”两个字怎么写了，开始和元气少女对着吐舌头，“啊，你这么有能耐不如拜托你行行好快点把你们家‘师兄’拖走嘛，那可真是帮——大——忙——了——哦——”

“哈?!”王不理愣了一瞬，脸涨得通红，龇牙咧嘴地一爪挠过来。

……

好在五六十平方米的房间不小，一个角落也足够鸡飞狗跳了。

夜晚的月色洒在回廊上，美得有些冷清，映照着屋内热闹，真是落差两级。

靠在推门一侧的谢大小姐数度欲言又止，终于还是没能屏住，瞥了一眼角落里的上梁揭瓦二人组，对大魔王说：“你妹好像一直在跟沈弦吵架。”

“小年年，你竟然学会说脏话了!”王不爱做出一张惊恐脸，控诉地指住谢大小姐。

“我什么时候说脏话了？”谢华年本能地皱起眉。

“你刚对我说‘你妹’！”

“……”

果然根本就不该和这家伙说话。

“你妹妹，你们家‘汪不理包子’，都快跟‘汪’打起来了。”谢华年扶着额头指了指正掐住沈弦的脖子拼命摇晃的王妹妹。

“不管是猫还是‘汪不理包子’，和犬科撞到一起想不对掐都难吧。不过——反正都是肉包子打狗，我都没担心呢，你担心个什么劲？”王不爱浑然事不关己的架势，依旧安安稳稳地端着茶杯轻啜慢饮。

“啧，就算你家妹妹是猫或者包子什么的……沈弦为什么是狗啊？”谢大小姐觉得这个逻辑很不能忍，却又一时找不着什么错处。

“哦，我还以为沈小弦的犬科属性已经地球人都知道了。”王不爱倒是非常愉快，笑眯眯地应话。

“……你这样做人姐姐真的没问题吗？”大小姐有一点无力。

“不要紧的哟，那孩子每天都这样，精力过剩，不炸几次毛睡不着觉的。”

“……”

气氛顿时沉默下来，有种无话可说的尴尬。

王不爱悠闲地喝完一杯茶，放下茶杯，“噗”得忽然笑出声来，“我说，年年你啊，虽然是一直在和我说话，但心思却全都放在沈弦那边呢。”

“诶？”

冷不防听到这句，谢华年不由怔了。

“你差不多也该有点自觉了吧。”王不爱依旧像个没事人一样笑着。

“什么……意思？”谢华年微微皱起眉。

“不然我刚才都和你说了什么？你根本一个字也没听进去不是吗？”王不爱颇有些挑衅地反问。

“那是因为……那两个家伙太吵了。”不知为何，谢华年竟有些心虚。

王不爱倒也不追究，只是端着茶杯，兀自将话接下去：“陆弘和我通过电话，说他要去东京了。明早的飞机。”

明早？这么急？

谢华年又是一怔，“……他没告诉我。”

气氛忽然有些诡异的沉闷。

“你也根本没有过问吧。”王不爱勾起唇角，“我啊，小时候第一次带着不理到你家的时候就在想，为什么有的小孩天生就能住在这种城堡一样的大房子里被所有人捧在掌心，而我和妹妹只是想要每天见爸爸一面也这么难呢。所以，那时候欺负你是故意的。”

“你还真敢承认啊——”谢大小姐感觉到额角冒出来的青筋。

“但是，后来有一天，陆弘却跑来对我说：‘大小姐其实很寂寞，虽然想要什么东西都可以立刻得到，但是真正的朋友是不可能花钱买到的啊。她的生活和你想象的是不一样的。知道不爱小姐和不理小姐要来的时候，大小姐真的很开心，就算你故意欺负她，她脸上的表情也比平常时丰富得多。’”

“被欺负也很开心这种事太可笑了！”

下意识地，谢华年就如是反驳，才张开口却觉得嗓音涩得发紧。

莫名有种古怪的酸楚，不知何时，也不知从什么地方，就那样突兀地冒了出来，几乎立刻就让她不自在地别开了脸。

是吗，弘哥竟然会说这样的话吗？

那个能不多说一个字就绝对不开口的陆弘啊……

“就是说啊，所以其实你只是在享受自虐顺便虐一虐沈小弦的快感吗？”

王不爱依旧维持着原有的姿势，仿佛只是在说着“今天天气真好啊”这样平常的家常话，“可是，年年你看，就算是这样时时刻刻维护着你的陆弘，现在也还是走掉了哦。没人有义务永远陪在你身边不是吗？那么，到底是为什么呢？”

“什么‘为什么’啊……”

其实隐约察觉到了，王不爱到底在说什么，在说谁呢。

但是不想承认。

不，应该说是，不敢承认吧……

总觉得平衡一旦打破，一切都会变了模样。

谢华年颇有些难堪，不由自主地皱起眉，“不要突然装深沉吓人啊……”

“没有在吓你哦。”王不爱仍旧很平静，说出来的话却与那般神情完全不相称，“理所当然的依赖又一点回报也不给，如果你再这样继续下去，下一个走掉的搞不好就会是沈弦了。那样真的也无所谓吗？”

“我没有在依赖沈弦吧？”

谢华年终于忍无可忍地反吼回去，一瞬间，连脖子都硬了。

“那为什么会和沈弦一起来这里？”王不爱歪着脑袋。

“朋友一起出游不是很平常嘛。”谢华年心虚地别开脸。

王不爱静了一瞬，忽然发出一声轻笑。

“年年你对朋友的定义是什么呢？或者这么说吧，对谢大小姐你而言，我和沈弦有什么区别？为什么有些事情你从没想过告诉我或是别的什么人，却会愿意找沈弦呢？还是说，其实除了沈弦之外我们都根本不算大小姐你的朋友？”

连番地质问简直令人无从作答。

谢华年默然良久，只觉得后牙被自己紧咬得发疼。

“你这么说的话，我根本不可能给出别的回答吧……”她十分颓丧地叹了口气，垂下手。

“你心里还有别的回答吗？”王不爱毫不掩饰揶揄。

“喂，说得好像什么都知道一样，还真是惹人不快啊！”大小姐很想努力表达一下不满。

“确实知道一点。毕竟，我们家的妹妹也是个不省心的家伙呐。虽然我是不太明白你们那种奇怪的‘爱好’。啊，真的好想带不理去看一下眼科。”王不爱无辜地耸了耸肩。

“你还真是一如既往的——”大小姐已经彻底放弃了，露出一张很想打人又不知该从哪里下手的脸。

你怎么管教妹妹我不管，不过你也别当我的面这么说啊！

程锦哪有你说得那么差，你至于这么……嫌弃他？

这么说来，沈弦好像也……很嫌弃程锦呢……

“总之你差不多也该好好想想了，这样下去不行的吧。”

王不爱又还说了些什么已经听不进去了，只有这句话反复在耳边转着。

这样下去不行的，其实最明白的就是自己了不是吗……可是，到底该怎么办才好呢？

目光无法自已地又向墙角转去，落在那只还在和炸毛猫团子打架的巨型犬科身上。

沈弦正夸张得跟王不理扭成一团，似乎可以看见竖起的耳朵和尾巴。

喂……竟然真的像猫狗大战一样打起来了啊……

明明是如此滑稽的事，然而谢华年却怎么都无法笑出来。

是吗，原来沈弦你也一直都在忍耐迁就着我的任性啊……

“好啦，看起来你现在很需要这个嘛。”王不爱的声音带着肆无忌惮的诱哄。

谢华年接过递到手中的杯子，看也没看，仰头饮下。

洋酒。不是她喜欢的口味。但却意外地，从舌尖灼上头脑，只想沉迷。

等到风尘仆仆的顾大律师终于摆脱了客户的纠缠赶来，倒霉村村长沈医生已经只能一脸哀怨地把醉得走不稳路的大小姐往自己预订的房间拖。王不理四仰八叉地睡死在角落里。罪魁祸首大魔王则是神清气爽地坐在外廊，微笑静观。

“我记得你昨天刚教过不理‘别人的私事还是不理比较好’……”这惨景让顾南国一阵无力，连自己的设定是“面瘫”都忘记了。

“对啊，就是叫她不要理我才方便随便欺负啊。”王不爱接得天经地义，顺手倒一杯茶送上，“好久没有遇到这么有趣的事了。不过‘大小姐’倒是真的有点变了哦，感觉比起以前更有种‘让人看见就想蹂躏’的气质呢。”

“不爱……”顾南国犹豫地看了一眼手里的茶杯，不太有淡定喝茶的勇气。

“没关系啦，那家伙根本不是别人说什么就会去听的类型吧。”

“倒是没错，可是——”

“好了好了，反正是‘别人的事’，你想那么多干什么。”王不爱托腮笑着，眼角愈发光华狡黠。

“……”

怎么总觉得这个逻辑有点微妙呢。

但是顾大律师只挣扎了一下就把话题转向了另一个方向。

“对了，说起来，UTV 有个制作人，女的，姓萧，叫……萧子棋，你知道吗？”

跟大魔王相处的秘诀就在于，不要掉进她的逻辑圈里转个不停，而要努力把她带到自己的控制圈中来。深谙此道的顾大律师立刻绕开了危险话题。

“好像听说过哦，怎么了？”王不爱难得微微挑起眉，露出饶有兴致的神情。

“没什么。下午在客户那里遇见这个女人，似乎是客户的熟人。她跟我问起以前的事。”

“以前的什么事？”

顾南国略一迟疑，委婉说：“问谢小姐和咱们之间的关系。”

这还能有什么关系好打听的，无非就是想挖坟翻一翻三角关系的馊饭呗。

王不爱不着痕迹地轻笑，“你怎么说？”

“能怎么说？你和谢小姐是朋友，我和她不熟。这本来就是事实。”顾南国略顿了一瞬，“只是觉得有点奇怪。为什么忽然问起那么久以前的事，还是不怎么相干的人。”

“‘不怎么相干’就是说还是有一点关联咯？”王不爱敏锐地眯起眼。

“啊，她说沈弦的姐姐是她大学时候的好友。”顾南国点头，“不过这应该只是套套近乎而已吧。”

“也可能不是哦。”王不爱意味深长地勾起唇角，“她是想让你替她传话吧，告诉沈弦或者年年，她在跟你打听这件事。听来好像根本就是知道你会去见客户才特意去和你‘巧遇’的。”

“……按照正常人的逻辑都不会觉得我能做到吧。”顾南国很有些无语。

“那是正常人的逻辑。”王不爱不在意地往男友嘴里塞了一块沾满芥末的寿司，盯着他乖乖咽下去了，才继续说：“正常人会在初次见面的时候就挖你年湮代远的隐私吗？除非她看你不爽很久了故意找茬。”

“……”

于是被塞了满嘴芥末辣得很想流眼泪的顾律师彻底无语了，无论身，还是心，都完全没办法继续和大魔王辩论下去。

“可 UTV 应该不会想和谢家扯上什么麻烦关系才对啊。”王不爱抬起头，若有所思地望着一方夜空。

今晚的月亮轮廓模糊，却依旧大而明亮。

“总之，这件事不要告诉他们俩。”大魔王望着月亮沉思许久，恢复了惯常的微笑。

“……你确定？”顾南国试探着企图确认。

“嗯，‘别人的私事还是不理比较好’嘛！”王不爱扭回头来，两眼亮晶晶的，笑得人畜无害。

“……”

不知道为什么，顾南国疲惫的身心忽然同时泛起了一股寒意。

这种感觉，简直就像是……莫名想要念一百遍往生咒啊……

白月微光下，风铃轻响，萤火虫烂漫飞舞，所爱在身旁。

明明应该是让人感到幸福得想要念着诗哭出来的画面。

坐在外廊前的沈医生默默收回凝视着小院温泉的视线，看住和衣醉死在地上的谢大小姐。

幸福……才怪啊？

这根本是辛苦地恨不得捶着桌子哭出来吧。

沈弦在心里默默挠墙痛哭了一顿，无可奈何开口。

“喂，华年，铺盖我已经准备好了，你好歹起来换了睡衣到被褥里去睡啊，这样会着凉的。”他推了推谢华年，试图将她喊醒。

遗憾，完全失败了。

谢大小姐翻了个身继续睡得跟懒猫一样——就差没在梦里舔舔爪子。

这种情况真是怎么办才好？

沈医生无比虚弱地挣扎了一下，一边在心里再次把肇事责任人王不爱大魔王正过来反过去骂了一个轮回，一边……咬牙解开了谢华年的衬衫领扣。

不过他很快就不骂了。

画面太养眼。

谢大小姐的身材保持得很好，并没有因为长年的养尊处优而生出多余的脂肪。

虽然小时候一起玩水，甚至洗澡也并不是从来没有看见过，但此时此情——这种毫无防备地躺在眼前，脸颊上还带着酒精灼染的微红，完全任人宰割的状态，显然大不相同。

沈弦忽然有些口干舌燥，不知该把手往哪儿放。

所以说这种情况……到底该怎么办才好？

好想就这样抱住她……

亲吻应该也不会被发现吧？

不……万一被发现的话怎么办？

说来说去，到底为什么会变成这样啊？

竟然真的乖乖地被灌到醉成这样……这家伙到底在想什么？

可是，如果不是醉倒的话，根本没有机会能够这么“亲密”吧……

这样想一想，搞不好还得要多谢——

意识到自己竟产生了类似“幸亏华年喝醉了啊，这样就可以为所欲为了，王不爱那个磨人精偶尔还是会做点好事的嘛”的罪恶想法，沈弦下意识一把钳住了自己的右手腕，就像是一种条件反射的自我压抑。

但呼吸依然无法克制地急促起来。

炽热。

如果做了这种背叛信任的事就再也无法挽回了，一定会被厌恶到绝交的。

怎么可以就这样轻易败给“妄念”呢，无论如何都要坚持住啊，传说中的良心和节操！

可是……如果只是偷偷亲一下的话，应该也不至于——

两种截然相反的念头仿佛发展出了人格，彼此激烈地在脑海深处排斥着，抢夺主导权。

被困扰的沈医生俨然一只不知所措的野兽，来来回回地犹豫。

然后，就在沈弦不知道第几次强行把自己的手掐回原位时，原本还在昏睡的谢大小姐忽然睁开眼直直地坐了起来。

“你到底在干什么啊？从刚才就一直蹦来蹦去的。”她睁着眼睛，困惑地盯着沈弦，乌黑如墨的凤眼里依稀还有未散的潮湿。

“华……华年……你醒了？”

沈弦毫无防备，被这突如其来的“诈尸”吓得猛蹦起来，来不及反应已经连连后退了好几步。

心脏要炸了一样，几乎从喉咙里跳出来。

但谢华年却只是一脸茫然地盯着他看了一会儿便站了起来，梦游般一边往浴室走，一边哑着嗓子低声嘟囔：“我去冲澡。”

“诶？”

这个人根本完全还没清醒吧?!

“等，等一下，华年，今天还是就直接睡吧！”沈弦赶忙追上去拦住她。

“你怕我把自己摔死在浴室里吗?”谢华年扭回头，颇为不满地挑眉。

“……不，我不是这个意思——”沈弦尴尬地笑。

“本女王不介意你跟过来守着哦——顺便帮女王大人我擦个背。”谢华年嘟嘟囔囔地皱起眉扭了扭腰，似乎很不舒服。

“……这个还是算了吧！”

你真的想让我死啊……这个完全不知道自己在说什么的醉鬼！

沈弦无限纠结地靠着墙滑坐在地上，听着隐约传来的水声，不由自主捂住了鼻子。

胸腔里有个怦怦的声音，拉扯着全身每一丝血脉，吵闹不停。

这种心慌的感觉是怎么回事？

到底是触发了什么才会发展出这么诡异的情况啊！

沈弦忽然很想逃。

虽然预订了房间预谋要一起来泡温泉的是他自己没错，无数次鼓足了勇气想要好好地、深入地谈一谈的也是他自己没错。但不知为什么，临到阵前，依然还是胆怯地想要立刻转身逃走。

明明就算是再高难度的手术也可以从容面对，偏偏只有华年，只有谢华年，让他整个人都阵脚大乱，溃不成军。

这根本就是唯一的、无药可救的死穴啊……

沈弦已经摸到门口准备逃了。

可是他听见谢华年在身后喊他："你打算出去夜游吗？"

临阵脱逃的最佳时机也已经在犹豫中蹉跎了。

沈弦手一抖，差点扑在门板上，只好认命地转回身来。

一回身，便看见谢大小姐一身清爽地站在外廊上，垂落肩头的乌黑发梢还挂着水珠，白皙肌肤也没完全擦干，处处都是潮湿的水痕。

不过这都不是重点。

最要紧的重点是，谢大小姐只是很懒散地围了一条浴巾，随意裹住那些优雅的曲线，便这样大喇喇站在了他的面前。

她竟然只围了一条浴巾！

只围了一条浴巾！

好的，你就是故意想让我死吧，这个信号我已经明确地接收到了。

沈弦不由自主捂住了眼睛，不敢去“欣赏”那美妙的后背、修长的双腿、匀称的身材……心慌意乱地连声音都在明显的颤抖。

“刚洗完澡不要穿，穿成那样站在那里吹冷风！”

“我要去泡温泉啊。”谢华年浑然不觉得自己的行为有多么诡异，反而径直往小院内的露天温泉池走过去。

“你果然还没醒酒吧？刚被灌了好几瓶的人就给我乖乖躺下去睡，现在还跑去泡温泉搞不好会爆血管引起突发性心脏病的啊！”

沈弦终于忍无可忍了，快步跟上去，一把紧紧拽住谢华年的胳膊。

“啊，医生状态出现了——”

谢华年却仰起脸笑了。她逆着月光看沈弦的眼睛，向后彻底靠在了沈弦肩膀上。

柔软而湿润的长发蹭在颈侧脸颊，不经意地摩挲，撩拨起无法克制的战栗。

“那你就乖乖听医生的话啊！”

这情形太过暧昧了，勾得沈弦一阵一阵烦躁，偏又无法放手。

谢华年反而轻笑。

“安心啦，我还没醉到跑去自杀的地步。只是刚刚好‘壮胆’而已。”她挥开沈弦扣在自己臂上的手，走下温泉池去。泉水蒸出的白雾很快便隔绝了赤裸的视线，如同结界。

“你不要过来泡么？特意跑来这么远的地方。”她在水雾缭绕中抬起头问。

“我还是不用了。”沈弦挫败地扶额。

“过来！这是女王陛下的‘命令’哦！”

"……"

这种任性的"命令"……

华年你的酒癖原来是这样的吗？

要不要我给你录下来醒了你自己看看啊？

然而二十分钟后，完全无法违抗"命令"的沈医生还是乖乖地跟谢大小姐一起，肩并肩头碰头地坐在了温泉池里。

"啊，终于有一点在同一立场坦诚相对的感觉了。"

谢大小姐原本因为醉酒而微红的脸颊已经被泉水的温度烧得愈发有如霞染，看起来非常诱人。

可惜说出来的话依然让身边那个男人无限崩溃。

沈弦只能无语地扭头看着她。

想要"在同一立场坦诚相对"也不一定要真的这么"坦诚"啊……

完全没办法作出任何回应。

湿润的空气一时有些沉默。

晚风毫无痕迹地吹来。

仿佛觉察到凉意一样，谢华年稍稍向下沉了一点，几乎把整个下巴也都浸到泉水里。

"小弦你其实……是不是有什么话想要对我说，却一直勉强着没有说出口呢？"她忽然缓缓地这样问。

一瞬间，沈弦僵住了，整个人如同被水流绑架，连动一下手指也办不到。

……被看出来了？

明明一直都没什么反应，忽然这样说的话，我会很困扰啊……

心跳牵动着血管，几乎要把鼓膜震破了。

沈弦犹豫着，慌乱着，拼命揣度着对方的心意。

这静谧如同折磨，胜似煎熬。

他静静地等了许久，始终无法回应，直到终于又听见谢华年状若呢喃的低语。

“如果你有什么想要说的话，可以直接告诉我，就算想骂我一顿也可以，不会怪你的哦。”

只一句话，沈弦刚刚有些温热的心立刻又被浇了个透凉。

谁要骂你啊？

说什么“壮胆”，原来是这个意思吗……

竟然还用“不会怪你”这种开恩大赦一样的说法——

算了，反正你一直都这样，我也差不多麻木了……

可你到底……有没有真的在意过我？

哪怕一点点……一点点也好？

徐徐吹来的风与不断上蒸的热气撞在一起，撩拨出异样的触感。

沈弦沉默着，不断地深深吐息，依然有种轻微的眩晕感。

与其说是因为突如其来的冲击而内心动摇，不如说只是水蒸气中毒的概率要高得多吧。

医生的理性真是这世上最不可爱的存在。

但是，已经开了这样的口，不说点什么是不可能的吧。

既然你真的要让我说，不如就索性从头到尾说个明白好了……

这么多年以来，我的心情，你的心情，从一切异变的原点开始，一点一点的，说个明白。

这样的念头一旦开端，便如决堤，再也控制不能。

“那么，你先告诉我，在英国的时候为什么完全不和我联系？”沈弦终于这样问。

这比以往都格外语声低沉的问话让谢华年明显怔了一怔，吃惊地转脸向沈弦看过去，似乎完全没有料到会忽然被这样质问，直盯着沈弦看了好一阵，才仿佛辩解地反问：“也没有到‘完全不联系’的程度吧？”

“没有电话，连邮件都没有，更不要提信件，仅仅就是新年的时候寄过一句‘Happy New Year’这也能算是有联系啊！”

终于开启了刻意回避许久的话题，曾经的记忆与感触便在刹那间大片大片地涌了上来，湿冷得让人难以自制。

“为什么？”沈弦亦转过脸去，认真地盯着谢华年的眼睛。

没有了恼人的阻隔，缭绕的水雾也无法斩断浓烈的情愫。那目光坦然而急切，燃烧般灼痛了彼此的瞳孔。

月光盈满了谢华年那双乌黑泛蓝的眼睛，颤动着几乎不可察觉的涟漪。她似不自在极了，支支吾吾应声：“各自都有各自的事要做啊……反正回来之后就肯定又会在一起了，有什么好没事天天打电话的。你不是也很忙吗，大医生？”

"没有忙到连互相联络一下的时间都没有吧?"

这无法令人信服的借口，立刻就被沈弦否定得干脆彻底。

"其实我一直都在想，你是不是……不想让我知道呢，在英国时和程锦之间的事。"

唯恐退怯，沈弦忽然伸出手去，强迫一般，在水下钳住了谢华年的手腕。

乌黑凤眼中的涟漪在那一刻急剧地扩大，谢华年怔怔瞪着忽然压迫弥涨的男人。

"你不是……一直都知道吗……"

"不知道啊。"沈弦不由自主苦笑，"你没告诉过我，怎么可能知道?"

"……这种事其实你问弘哥的话也就能知道——"

谢华年下意识想退缩。

但手腕上明显加重的力道毫无保留地将那个男人克制许久的嗔怒传递过来。

"你心里到底在想什么陆弘也不可能完全知道的吧?"

沈弦望着她，一眨不眨的眼中有太多她早已懂得却始终无法言明的情愫。

他皱着眉，一字一字地对她说："你的事情，我想听你亲口跟我说啊!"

"……又不是什么值得特意去亲口说的事。"谢华年终于焦躁地想抽回手。

"但我就是想知道啊，只要是华年你的事情，无论大事还是小事，成功还是失败，特别的还是普通的，我都想知道。"沈弦毫不犹豫地用力，反而将她抓得更紧。

谢华年猛甩开他，溅起水花无数。

"你说这种话根本就是在——"

是在犯规啊。

不许你对我说这种话。

不许说出来。

话音戛然而止，如同想要阻止自己说出不该说的话一样，她下意识地抬手捂住了嘴。

时间在异常的静谧中分秒流逝。

良久良久，谢华年才状似轻松地笑了一下，皱着眉，无法舒展的苦涩。

“这么想知道你也从来没问过嘛。”

“那么，如果我现在问的话，你就会告诉我吗？”几乎是立刻，沈弦便更近一步地紧逼上去，“如果我现在问，你和那个人之间都发生了什么，为什么喜欢上他，为什么会分开，为什么事到如今还要如此动摇，你就会敞开心扉全都告诉我了吗？”

这样穷追不舍的质问。

无法回答。

就像有无数洪流涌在心口，堵得人心慌意乱。

“我好像不是打算和你说程锦的事啊，你在偷换什么概念。”

谢华年下意识别开了视线。

“说到不想说的话题就打算逃走了吗？”沈弦轻哼一声，一脸早有所料的神色。

“呸，‘逃’这种没用的字，我的字典里根本就不存在！”心里一阵阵发虚，嘴上却仍如此强硬。谢华年执拗地瞪了沈弦一眼。

“所以，不如我们来交换吧。”沈弦仰起脸，看了一眼沉寂的天色。

月亮的轮廓愈发模糊得无法勾勒，将眼神也熏染得一片蒙眬。

“我会把我藏在心底的秘密告诉你，相对的，你要给我一个答案。”

"谁允许你擅自决定——"

谢华年忽然觉得不好。

但来不及说完的拒绝立刻被干脆地打断了。

"华年，我喜欢你。"

沈弦望着天幕中那一轮白月，恍如幻影遥不可及的白月，自嘲开口。

"我喜欢你，已经不是朋友之间单纯的喜欢了，而是更多的，想要永远待在你身边，甚至想要独占你，碰触你，让你忘掉其他所有的人，只看着我，只记得我。我是，爱着你，以男人的立场，爱着你。"

"……"

"我爱你，谢华年。"

说出口来也不过是一瞬间的事，并没有觉得如卸下了重担般轻松，只是一切忽然都变得不重要了。

胸腔里剧烈跳动的那颗心，刹那松动得一塌糊涂。

沈弦伸出手去，轻抚上谢华年的脸颊。

他缓缓地凑近，终于低头亲吻那无数次朝思暮想的薄唇。

嘴唇相触，霎时，气息便灼热地炸裂了。

柔软而湿润的触感，一点点地吮吸，舔舐，撬开了牙齿的壁垒，探入更温暖的深处，鱼一样幼滑游走，牵引出血液中沉睡的躁动。

温泉的湿热掩盖了颊侧耳后的潮红。

当沈弦的手蛇一样划过体线，桎梏住浴巾下早已酥软的腰肢，谢华年才在电流穿髓的刺激感中猛然惊醒过来，就像抽离的灵魂陡然坠回身体，连残余的酒力也一并挥发得无影无踪。

一旦复苏了意识，便再无可能沉沦。

"沈弦！"

她用力地将压在自己身上的男人推开——真的用尽了全身气力才能够办到。

唇角还留有亲吻的触感与痕迹。

她用手背擦了，竭力维持着镇定，不自在地责难："'男人的立场'叫什么话？你什么情况？我们……我们不是，一直都是朋友吗？"

"是吗？你真的只想和我做朋友吗？"沈弦低沉地反问，神色模糊难辨。

谢华年觉得，此刻她根本不敢看沈弦的脸。那张二十余年间早已烂熟到甚至可以视若无睹的脸上，如今满是陌生的表情。

不，或许并不是陌生的表情，而是长久以来，被她刻意无视的表情。

她其实知道的。

"你……你这家伙之前不是一直都有各种女朋友吗？"她磕磕绊绊地给自己寻找借口。

沈弦轻笑，"我之前有过别的女人你会在意吗？"

谢华年面红耳赤，"这不是在意不在意的问题——"

沈弦皱起眉，"可是我就会很在意啊，你和程锦那家伙在一起的事。"

"……沈弦你是不是有病？你没必要反复揪着程锦说事吧？"谢华年终于烦躁地狠狠骂出来。

"我当然会很在意那家伙啊！"

沈弦毫不示弱地反驳，用力地再次把谢华年推在泉池边的岩石上，无法克制，带着燃烧的怒意。

"自从你跟那家伙在一起，我就没有一天不想问你：华年你，你既然连那种家伙都能接受的话，为什么，为什么——"

为什么不是我呢？

明明一直在你身边，一直这么地、这么地爱着你……

那种忽然冒出来的家伙到底哪里比我好？

怎么可能这样轻易地就被那种家伙抢走了你？

然而这样的质问，无论如何也说不出口。

太可笑了。

明明连自己都清楚地知道，只是嫉妒，只是赤裸裸的嫉妒而已。

丑陋又疯狂，毫不讲理。

这是最无法强求的事。

爱情，并不是付出了就一定能有回报的游戏。

“我本来已经做好了永远也不会说出来的准备，一直一直忍耐着，忍到连自己都差点以为已经忘记了……”

月光将沈弦的背影投下，巨大得仿佛要将一切都完全吞噬。

他就像一匹发怒的狼，弓着背，鬃刺全开，摆出战斗的姿态，唯独眼睛里雾湿一片。

那种悲哀到随时都要哭出来的眼神。

“……既然这样，为什么？”

岩石冰冷而坚硬，硌得后背生生疼痛，谢华年仰面看着那双眼睛。

这样的沈弦，竟恍如从不相识。

“为什么现在要说出来？”她问他。

“因为你让我说的不是吗。虽然我也知道，你并不是真的想听我说啊。”

苦笑从沈弦的唇角淌出来，在月夜水雾笼罩下，没有温度。

“抱歉，答复你可以等到想说的时候再告诉我，现在的我，没办法待在你身边，不然我不知道自己会做什么。”他骤然抽身上岸，头也不回地离开。

原本炽热的空气在瞬间冷却，世界遽尔沉寂。

谢华年没有回头去看，仍旧靠着石壁，缓缓地、缓缓地让自己沉下去，彻底被泉水淹没。

忽然发现，沈弦离开的背影，她根本不记得是什么样子。

简直就像从未看过。

果然不要轻易地去刺破那些微妙的暧昧就好了。

保持旧有的平衡，彼此心照不宣就好了。

这样的念头倏地从脑海深处蹿出来。

但立刻就被否定了。

怎么可能好呢。

发生过的事，存在的事，除了面对面解决掉，不会有更好的出路。

被泉水包裹的心跳一声一声格外明显，连波纹的律动也牵引了。

穿过水面，月亮扭曲了形状，一团缥缈炫目的白。

原来，这么久了，你竟然一次也没背对过我啊……

原来，一直都是我在无知无觉地抛下你吗？

气息阻窒的闷痛里，谢华年伸出手去，向着那一轮白月，猛然收紧五指，握住一盈虚无。

返回屋里时，沈弦已经不在了。

谢华年慢慢地把自己的衣服一件一件穿好，喊来老板娘帮忙备车。

老板娘吃惊地劝阻："这么晚了是要去哪里呢？不如等天亮了再说也好。"

谢华年想了一想，"去机场。"

临上车前，她问老板娘："沈弦……走了吗？"

老板娘怔了一瞬，摇头："沈医生的车还在哦。"

"是吗，"谢华年若有所思地盯着车窗外的后视镜，"别让他到处乱跑，叫他等我回来，原地。"

到达机场的时候天角刚见鱼肚白。

谢华年独自站在航站楼的安检入口处等了一会儿，就一眼看见陆弘进入楼下的大厅往电梯走过来，同行的还有几个不认识的年轻男人，想来是公司的员工。

"就打算这样直接跑到东京去，连一句'我走了'都不跟我说，你一旦自己拿起主意来还真是主意很大嘛。"谢华年靠在半透明的玻璃护栏上，冲陆弘挥手打了个招呼。

同行的员工还困惑了一瞬，猛然醒悟过来，吓得忘了还站在电梯上，大大往后退了一步，差点直接滚下去。

"跟这种不可靠的同事一起到国外去真的没关系吗？"滑稽的景象让谢华年终于忍不住挑眉。

"没关系，大小姐你不出来吓人的时候大家一直都很可靠。"陆弘毫不给面子地回应了大小姐的戏谑。

这家伙是真的长出息要造反了啊。

谢华年倒也并不生气，敲了敲玻璃示意陆弘过来说话。

她看着陆弘与同事们交代了两句，那几个还在惊吓状态的小新人立刻拖着公文包和行李箱兔子一样惶恐地跳到安检口的另一边，不安地蹲等着，又还不时羞涩而好奇地向这边偷望。

“已经开始带新人了，真不错嘛。”大小姐依然在调侃。

“新人领队而已，刚入社时负责带头跑圈外加做每日扫除的那一个。”陆弘一脸谦逊地接话，惹得大小姐一阵轻笑。

感觉稍稍有些微妙。

今时今日的陆弘依旧穿着规规矩矩的西装，看起来似乎和从前没什么两样，却又完全不一样了。

他略侧着脸，低头看着站在身边的谢华年，和声问：“和沈弦发生什么事了吗？”

谢华年眸光微微闪烁了一下，迎上那温和的目光，“为什么这样问？”

“大小姐其实很害怕寂寞吧，觉得孤单的时候就会想抓住什么让自己安定下来。如果有沈弦在的话，不会大老远跑到机场来等我。”

从某种意义上来说，陆弘这家伙真的很懂得什么时候该闭嘴什么时候该坦白。

谢华年整个人都安静了一瞬，仅仅一瞬，而后就又笑出声来，“什么啊，说得我这么差劲。好歹也受了你这么多年的照顾了，来送一送你也是正常的吧。”

陆弘也没有再追问，只是沉默地陪她站着，看着楼下大厅里渐渐络绎不绝起来的人群，良久，低低地问：“需要我留下来吗，小姐？”

太体贴了。

如此温柔地过了头的询问。

可是，留下又能怎样呢？

放弃属于自己的未来的无限可能，再一次虔诚地留在原地，就能让一切恢复原状吗？

明明没有谁能够永远留下啊……

一瞬的酸楚涌上面颊，刺破了朝雾弥漫的沉默，谢华年扬手在陆弘背后拍了一巴掌，“加油好好干出点事业来哦，我带出来的‘兵’，别给我丢人。”

“嗯。”陆弘的唇角勾起来，一成不变的应话，柔和的表情，却宛如对一段时光的终于告别。他双手并拢，向着谢华年深深鞠了一躬，“那么我就走了，承蒙照顾多年，请小姐务必多多保重。”

“走吧，”谢华年双手插在短风衣的外兜里，只是扭头看着指示牌中心的消失点，想了想，哑声又开口：“我会看着你的，一直都会。”

刹那怅然。

窝囊，懦弱，不坚定，没出息。

重新坐回车里时，这些词便一个一个在谢华年的脑子里过了一轮回。

从来没想过，这些词竟然会跟自己扯上关系，更不谈竟然是源自这种烦躁不安的自我厌弃感。

再也不能像当年那个十多岁的孩子一样，目空一切，为所欲为。

当年啊，当年那个从不动摇、永远自信能呼风唤雨的谢华年到哪里去了呢？

那时候，单纯如斯，甚至单纯得连什么叫真正的“失败”也不懂。

自然更不懂恐惧。

无知无畏。

可有时候真的很想停下，不用往前走，甚至退回过去。

那些恣意奔跑的简单生活。

“近处有没有风景好的地方呢。”谢华年看着车窗外飞逝而过的街影，恍如自语般问。

“诶，谢小姐现在不回去吗?”司机透过反光镜小心翼翼地看她。

“想去随便转转散散心。”

就近找个风景好视野好的地方把她扔下就行，可以先回去，不用等——这样的要求让老实胆小的司机大叔犹豫了很久，终于还是拗不过大小姐的独断专行，战战兢兢地放下人把车开走了，临行还反反复复地叮嘱：“如果有什么事请务必联络，马上就过来接您!”那副架势实在让谢大小姐非常想直接在车屁股上狠狠踹一脚。

不过是想自己一个人静静而已，用不用弄得跟我要去跳海一样!

虽然眼前这个公园小得有些可怜。

这里已经是接近山区的城郊，自然风光是很好的，设施修葺却难免有些简陋。

反正只是想专注地发发呆，好捋清脑子里已经纠缠成一团的烦乱，就算是圈在方寸之地其实也没所谓。

但尽管有这样的思想准备，在大门前买票的时候，大小姐还是愣了好一会儿。

她身上没有带钱，也没有带卡。

出来时匆忙，心里一片混乱，觉着有车有司机，便什么也没多想，也顾不得多想。

临到这时候才呆愣愣对着写了“门票十元”四个歪扭大字的售票板尴尬起来。

从没想过，她竟然也会有连十块钱都掏不出来的时候。

“小姑娘没钱啊？”售票大婶眯着眼，皱眉对看起来体面斯文其实疑似企图逃票的大小姐表示嫌弃。

“不……我……”一瞬间，谢华年感觉血全涌到了脸上。

但售票大婶只又看了她一眼，便摆摆手，示意她赶紧进门去了。

逃票？

这是不是就算逃票了？

谢大小姐还看着公园检票处的门迟疑。

售票大婶“哗”得拍了一下窗户。

“还愣着干吗？赶紧进去！”

谢华年吓了一跳，几乎是蹦进门去，飞也似的逃跑了。

她拔腿跑了好一会儿，一直跑到水边的人工沙滩上才停下来，弯腰喘了一大口气。

郊外清新的空气涌入肺腑，瞬间犹如重生。

谢华年贪恋地又深深吸了两口气，在沙地上坐下来。

她盯着不远处成群掠过水面的鸥鸟，发了片刻呆，从地上捡起一支断裂的木枝，在沙地上百无聊赖地划来划去。

心里依然有很多事积压着，只有隐约朦胧的轮廓，说不清道不明。

谢华年有一搭没一搭地想着心事，完全没注意到不知何时一个大眼睛的少年已好奇地从她身后探出脑袋，正一眨不眨地盯着她“划拉”出来的东西。

直到那孩子忽然开口，忽闪着那双大眼睛，抓住她的胳膊大喊：“好厉害哦！你们都快来看呀，这个大姐姐画得真好看！”

谢华年吃惊抬起头。

这才发现，不远处的长凳上还有不少孩子，大的不会超过十六，小的看起来还是小学生，被一个看似老师的年轻男人带领着，各个都抱着画板，似乎是在上写生课的样子。

少年还在一脸羡慕地垫脚，努力追问谢华年："大姐姐是怎么画的?"

谢华年低头看了一眼自己方才在沙地上的涂鸦。

她原本没有打算"画"出个什么东西来，只是随心所欲地用树枝拨弄沙砾，不知不觉竟画出一团荆棘，仿佛还缀着盛开的玫瑰，纠缠在细腻白沙上。

其实已经生疏了，又是在沙地上，她自己并不觉得有多好看。

那少年却不依不饶地抓着她，怎么也不肯撒手。

"你想学?"谢华年忽然觉得有趣。

少年用力地点头。

"那先把你的画拿给我看看。"谢华年伸出手。

那孩子犹豫了一下，扭头向"老师"的方向看了一眼，觉得这种疑似开小差的行为似乎并没有遭到反对，于是欢天喜地地跑回去，将自己的画板抱过来，毫不羞涩地递到大小姐面前。

微微泛着米黄色的画纸上是一片开阔水面，还有水上掠空的鸥鸟。

说实话，以十余岁的小鬼而言，画得相当不错了，就算谢华年的标准会比较高，也足可以打 80 分。

但还不够完美。

"先继续回去画苹果吧，一个月之后再说。"大小姐抱臂做出了裁判。

"怎么这样?!"少年立刻一脸上当受骗的表情，噘着嘴跳起来。

"不然怎样，走在路上意外撞到神仙被摸了一下脑袋于是变得很会画画了吗？小鬼头!"大小姐毫不客气地在少年头顶上敲了一下，指着水面上的鸥鸟，笑道："这个透视错了!"

“苹果每天都画已经画到烦了啦!”少年揉着头，不满地表示抗议。

就在少年差点没蹭在大小姐身上死缠烂打之前，另一个声音插过来打断了未成年的撒娇行动。

“稍微不注意你就乱跑来给别人添麻烦啊，张一一，赶紧给我回来!”皱着眉的“老师”走过来，抬手又在少年的脑袋上敲了一下，屁股后面是一串探头探脑的小鬼们欢快的笑声。

一瞬间，大小姐脑内很形象地闪过了鸭妈妈带着一群小鸭招摇过市的画面。

要忍着不笑好像有点太困难了。

“有本事跟我爸爸比画哦，我爸画得可好了呢!”被叫作张一一的少年立刻撒腿跑到“老师”身边去，一边抱住“老师”大腿，一边回头冲谢华年做鬼脸。

“喂，不要这么没礼貌!”年轻男人立刻拍猴子一样“啪”得再在少年脑袋上揍了一巴掌。

看起来感情很好的样子嘛……

忽然竟有点羡慕。

讶异的眼神在大小姐那双乌黑发亮的凤眼中显露出来，“你是他爸爸啊，我还以为是老师，那……”她下意识看了一眼其余的孩子。

啊，怎么想都不可能的吧，果然还是老师吧……

谢华年默默吐槽了自己一瞬间的脑洞。

“确实也是老师，不过就是个绘画兴趣班啦……”男人似乎有些不好意思，红着脸挠了挠略有些凌乱的短发，向谢华年伸出手，“我叫张望。小孩子胡说八道，你别往心里去。”

他悬着手等了一会儿，见谢华年没有立刻回应，便露出一脸恍然大悟的表情，很认真地收回手来在衣服上擦了擦，又重新笔直伸出去。

你这样不是反而叫人更尴尬了吗……

谢大小姐无语盯住那只依然沾着些许泥沙的手，挣扎片刻，还是稍稍握了一下他的指尖算是应酬。

这是个看起来普通得十分憨厚的男人，穿着皱巴巴的大T恤和牛仔裤，全不像谢大小姐所惯常见到的精英们那般西装革履斯文楚楚，但莫名就有那么一点烟火气，让谢华年不由自主在意起来。

名叫张一一的小鬼头还在一个劲蹦来蹦去，扮着鬼脸向谢华年发动嘲讽攻击。

张望狼狈地抓着上蹿下跳的儿子，努力训斥着“不许胡说”之类的话，脸色已越来越红。

那副完全被儿子骑在头上的可怜模样，看得谢大小姐忍不住要笑出声来。

“我并没有不愿意跟张老师比试一下啊。”她盯住他，唇角渐渐扬起，伸手摸了一下少年还带着些微汗水的额头，“你当着他的面讲他是‘胡说八道’，他可是会伤心的哦。”

她一边如是说，一边从张一一的画板夹里抽出一张新画纸，拿起少年的铅笔在纸面上随意划了两下，似乎正确认手感。

“其实我很多年没画画了，并没有觉得自己还能画得有多好，就当随便画着玩吧。”她仰起脸，看着男人，“张老师你要命题吗？”

“不……”男人一脸哭笑不得，却在孩子们的起哄声中，也只得拿起了纸笔。

画画本身实在没有什么好说的。

对谢华年而言，这是极为愉悦的游戏，玩得不费吹灰之力。

脑海里一半是放空的，半透明的影子在眼前晃来晃去，又被窗外投入的光稀释了，一闪而逝。

少年时曾经以为自己是世上最多灾多难的孩子，每天都在被旁人所不能感受的烦恼困扰着。一眨眼白驹过隙，到了现在这个年岁，才赫然发现过去那些所谓的忧愁，当真渺小的可笑。

那时身边的人和事，何其单纯美好，宛如珍宝。

毕竟一切能用钱解决的问题都算不上什么问题啊。

唯独连钱也无法解决的……

谢华年缓缓收起手中的铅笔。

纸面上只有一张熟悉的脸。

没有镜片的眼镜框，戏谑耍酷的微笑，神采奕奕的双眼。

是沈弦。

不是任何旁的人，只是沈弦。

她盯着这张画发了一会儿呆，忽然把画纸折叠成小小一个方块塞进兜里。

“不画了。”

她转身想走。

“不行不行！姐姐不许走！”张一一蹦得老高，小手飞快，眨眼就把那张恨不得叠成无限小的画纸从她兜里掏出来展开。

“这个人是谁呀？”少年歪着脑袋咬着手指，水灵灵的大眼睛瞪得贼圆，

“是姐姐的男朋友吗？”

“你才这么丁点儿大就知道什么是‘男朋友’了？”谢华年顿时被逗乐了。

“我知道啊！”张一一满脸天真地掰起手指，“我是陈莉、王晓雨和方文娟的男朋友！”

嗯，果然是男孩子呢。

谢华年看了一眼一旁的张望。

张望尴尬地捂住了脸。

“他……不是我的男朋友。”谢华年把画纸拿回来，再次叠好收进口袋里，“只是个朋友，而已。”她像是要解释什么似的，又强调了一次。

“可是我觉得……”张望憨憨地咧开嘴，“你画这张画的时候，笔触和表情，都很温柔，很美好——感觉你好像很安心、很开心的样子。”

心尖骤然一软，仿佛有什么温暖的东西如雨后春芽般破土而出，又汩汩如满溢泉水。

谢华年怔怔地睁大了眼。

张望却完全不知道自己究竟说了什么，仍是咧嘴笑着。

“我能请你帮个忙吗？你考不考虑做个兼职，教这些孩子画画？”

他等了一会儿没有得到回答，才顿悟自己好像做了什么蠢事，整张脸彻底红欲滴血。

“我不……不是想跟你搭讪啊！”他难为情地撑住额头，“可是你也看到了，我确实有点忙不过来……”

“……所以你会请一个不认识的路人去你的画室教孩子画画啊，张老师？”谢大小姐无语地挑了挑眉。

“你说的也对啊……”张望笑着用力揪住自己的头发。

那模样瞧着，简直担心他要把头发揪秃了。

大概画画的人，各有各的奇怪。

谢大小姐不由自主又笑起来。

“电话，抄给我吧，万一我哪天心情好呢？”

走出公园的时候，一眼就看见沈弦那辆银灰色的座驾。还有靠在车上的人。

有点意外。

却又毫不意外。

果然，那家伙啊，已经不会再像从前那样乖乖等在原地了吗……

“我还以为你逃了呢，说了那种话，做了那种事之后。”谢华年不由自主地扬起了唇角。

“逃的到底是谁啊，忽然就不见了人影。”沈弦微微皱着眉，似乎颇不满地抱怨着，手却还是抢先一步，习惯性地替大小姐拉开了车门。

沈弦的车，熟悉的座椅，熟悉的味道。

他存在的感觉。

啊，真好呢，忽然有点安心了。

谢华年闭着眼睛，冥想般安静了好一会儿，末了轻呼出一口长气。

“我啊，搞不好比我自己所知道的还要信任你。一直以来都在那么任性地伤害着你，抱歉。”

“……”

沈弦扶在方向盘上的手无意识地紧了紧。

“不要跟我道歉啊……”

谢华年却扭过头来，定定地望住了他的眼睛。

“谢谢你包容了我这么久。”

“华年你……在甩我吗？”

心跳急促得阻挠了呼吸，紧张得连指尖都僵硬了，沈弦不自在地别开了视线。

不敢看。

害怕下一秒自己就会失控流露的表情。

“那时候和程锦分开了是因为我很焦虑。”

谢华年向后放松身体，让自己靠在柔韧的车座靠背上，用平淡如水过三秋的口吻低声诉说。

“程锦他……从来不肯对我说他爱我，一次也没有说过。

“从一开始的时候，就只是‘试试看’。抱着这样的觉悟，很清楚地知道随时都可能结束，每天都做好了分开的准备，若即若离，好像是在一起，又好像根本身在两个世界，这种奇怪的关系，最后，反而是自己先受不了了。”

太累了。

这真的是爱吗？真的是在被爱着吗？

完全感觉不到。

觉得自己像是个自说自话的傻瓜，一个人坐在看不见底的黑洞边上，很冷，很寂寞，看不见明天，连今天、此刻也看不见，更摸不到，什么都是模糊的，没有存在感。

于是焦躁得、害怕得没办法，终于逃开了。

对如此懦弱没担当的自己感到气恼，但又无法忍受。

“后来，我一直在想，为什么程锦他会这样。

“其实是我的错。是我自己本身也在深切的不安着。因为我们真的就是不同的人啊……不同的出身，不同的性格，不同的一切……

“就算再怎么想要一起走下去，却根本一点也不明白到底该怎么做。

“明天该怎么办呢？

“真的没问题吗？

“能够承担起这样的责任吗？

“这样的问题每天都在想，时时刻刻地在脑海里打转。所以，一定是这种藏也藏不住的不安传递给了他，才让他这样小心翼翼地不肯往前多走一步，不肯给我更多的回应。

“所以，是没能让他安心的我不好。明明什么也做不好，还总是自说自话地对人指指点点，像个白痴一样颐指气使……”

纤长的睫毛细密地轻颤着，谢华年又微微牵起唇角，露出微笑。

那是一种全然不同往日的柔软表情，透明得让人不忍多看。

“直到现在我也依然觉得喜欢他，说不清理由，怎么都还是觉得很喜欢，没有办法忘记了像对待陌生人那样去平静面对。但是，我知道，和对方没有关系，这是我自己的问题。不先解决的话，结局就不可能有任何改变。这样的我，连自己的将来在哪里都不能真正思考明白，无论对方是谁，我都还是会——”

“别说了！”沈弦终于压抑不住，伸手捂住那张平静得可怕的嘴，“对不起……我不该问。”

“很意外吧。我其实是个这么没出息的家伙，连我自己都吓了一跳，一直没法接受。”

谢华年只是轻笑了一下。

她握住沈弦那只手，将之拽下来，就这样握在掌心里，“但是，还好有你在。”

“刚才在那边发呆的时候，我一直在想，你会不会来找我呢？如果你不来怎么办？如果回去之后你已经走掉了又怎么办？如果今后再也见不到你了怎么办呢？感觉……无法想象，怎么都无法想象。

“你对我来说很重要，重要到从来都没想过还有可能会失去啊。

“所以，无论如何我都想要你能留在身边……无论成功也好，失败也好，都想要你能和我一起分担。”

她转脸目光笔直地看着沈弦，将掌心里的那只手按在了自己胸口的位置，露出虚弱的微笑。

“很过分的要求吧。你还是赶快拒绝好了。哪怕打我一拳，就在这里狠狠打我一拳，让我赶紧醒过来也好！”

心口一阵阵堵得发慌，好像有无数洪流想要宣泄而出，临到嘴边，却发不出任何声音。

沈弦只能这么怔怔地看着眼前这个人，他爱了这么多年的人，不断克制着情感决堤溃落的冲动。

“谁要打你啊……”

良久，他掩饰地揉了揉酸胀的眼睛，顺势俯身，彻底将额头抵在她肩膀上，“我会留下来，留在你身边。只要是你所希望的，我永远都没办法拒绝的吧。”

“你这家伙……真的是笨蛋吗……”谢华年的嗓音低哑下来，别开脸看向了窗外。

是啊，真的是彻头彻尾的笨蛋啊。

可只要是你的事，我就会变得这么笨啊……

这么笨拙的我，会让你讨厌吗？

心里有这样一个声音虚弱地自嘲着。

“如果现在不拒绝的话，就再也不会给你拒绝的机会了，这样真的好吗？”

他听见她语声里兀自逞强的颤抖。

“啊，没关系啊。但我能要点奖励吗？”沈弦抬起头。

他忽然凑上前去，双手捧住她的脸，温柔而坚定地迫使她看着自己，只能看着自己。

“我会等。无论多久，都会等。可是，如果有一天，你发现没法再走下去，那就请你抛开自尊后退一步退回到我怀里来吧。我会毫不犹豫地抱住你再也不放开手。”

互相伤害的爱

爱情从来不该是输赢的角逐。

倾汝此生，守我之隅。海枯石烂，金乌不复。

倾我此生，守我之誓。不死不休，我心永固。

谢大小姐真的去张望那家画室做了兼职。

这展开突如其来，全在意料之外，打得沈弦措手不及，险些不敢相信。

华年的心里还装着那个叫程锦的家伙。

所以，她大概是在谋局，在为最坏的情形做打算。

她还没有死心，还在固执地朝着认定的方向，即使痛苦也不肯退却。

意识到这样的现实，令沈弦万分挫败。

不，与其说是挫败，不如说根本是阴郁来得更恰当一些。

虽然说了那样装帅的话，在那美其名曰天宽地广实际就是鸟不拉屎的郊区，拼命装出温柔良善无欲无求的模样，装作心甘情愿地等待，其实内心深处，早已在湿冷阴霾的滋长下，生满了毒刺密布的苔。

为什么一定要这样无望地等待呢？

像个傻瓜一样。

为什么……不能索性把她抢过来？

这样的想法不断翻腾着，充斥了整个灵魂，几乎就要成为主导。

但每当他看见谢华年，看见他曾经骄傲到不可一世的“女王陛下”真的开始每天去给一群不着四六的孩子当画画老师，被熊孩子们涂抹得满身油彩，看见那个她尝试各种从前绝不肯吃的食物时复杂的表情，沈弦就知道，没有用的。

华年在努力改变，改变自己的生活状态，为了一个大概遥不可及的虚无目标，不肯停下。

除非彻底坠入地狱。

是的，想要将凤凰彻底占为己有便只有折断她的羽翼，将她关进囚笼，使她从今往后除了自己之外再也一无所有。

这种事，即便只是妄想，也令沈弦无法自抑地颤抖。

下不了手。

他爱她啊……他是那样地爱她。

爱到任何伤害她的事，他都下不了手。

狠不下心去伤害对方，便只好狠狠伤害自己，等到终有一日习惯了伤害，大概就不会再觉得痛了吧。

可是主刀医生偏偏被强迫去做麻醉师，怎么都不在行。

沈弦抬头看着天空中缓慢飘浮的云层，重重吐出白色的烟雾。

“沈医生。”

忽然，他听见有人在身后似笑非笑地喊他。

这里是医院的顶楼，难得偷闲的去处，按理说除非有什么紧急病患，不该有人知道他在这里，更别提来找他。

沈弦扭头回望了一下，骤然无语。

靠在楼梯口微笑的女人一身红衣，眼角闪烁的光芒精明得让人害怕。

萧子棋。

大概可以算是沈弦现在最不想见的人之一。

他默默地转回身去，又把烟送到了嘴里。

“问了楼下的小护士，说你最近总喜欢躲在楼顶，每天都很阴沉呢。”

这明显不甚欢迎的态度并没有让萧子棋退却。她自顾自地走上前来，伸手就抽掉了沈弦叼在嘴边的烟，麻利地熄灭，装进专用便利袋里，塞进自己的包里。

“是成年人就拜托有点专业精神，不要把情绪带到工作中来啊，你可是病人的精神支柱吧，大医生?”她说着用力在沈弦背后拍了一下，扮作打气的模样。

这力道之大，简直可以算是暴力了。

“那还真是对不起啊。”沈弦被揍得咳了一下，捂着嘴自嘲，“萧小姐特意来医院找我，是有哪里不舒服吗?”

“相当不舒服呢，看到你这种让人一瞧就来气的模样。”萧子棋不客气地责备他，“其实呢，是你姐姐好几次特意来拜托我，说你最近不知怎么了，成天一副鬼迷心窍的模样，让我来开导开导你。碰巧，我这里也有一样东西觉得应该给你先看一看才好。”她说着从包里抽出一叠封袋的文件，递到沈弦面前。

沈弦瞥眼看了一下，没有伸手去接。

“打开看看啊。”

萧子棋笑着重复一遍，分明是戏谑口吻，却不容置疑。

危机感。

其实，打从第一眼看见这女人起，这种异样的危机感就笼罩在心头，挥之不去，犹如不祥之兆。

无论这里面封着什么，绝不可能是好东西……

沈弦盯着那泛黄的牛皮纸袋子，依旧没有动。

不能接。

那是，绝对不能打开的，潘多拉之盒。

“不看？好嘛，没关系，我也可以直接把这个发去报社或者电视台。”萧子棋挑眉哼笑一声，收回手，做势要将文件放回包里，“但是啊，沈弦，这个问题你迟早都得面对的不是吗？谢氏的独女继承人，不但从大学时代就已经开始和做心理咨询师的‘平民’男友恋爱，甚至还为了这个男人拒绝家族指定的联姻对象、被家族扫地出门——这样的八卦绯闻，普罗大众可是最喜闻乐见了，你真的以为纸能包住火吗？啊，‘心理咨询师’呢，一定会有人怀疑谢大小姐是不是‘这里’出了什么问题，结果反而产生了‘移情’吧？现在的媒体可是很凶残的哦。”她指了指自己的脑袋，用毫不掩饰的挑衅目光紧紧盯着沈弦，眼神犀利得就像一只瞄准猎物的鹰。

几乎就在“谢”这个姓氏刚刺痛耳膜的那一瞬间，沈弦已经条件反射地伸手抓住了那封文件袋的一角。

收紧的五指将纸面揉出了痕迹，簌簌作响。

圈套！

果然还是被这个女人知道了。

心底的警钟一刻也不曾停止。

但是，没有办法。

浮士德早已暴露了脆弱，灵魂之上高悬的，是梅非斯特深红的镰刀。

一切的一切，在起源时注定，终是在劫难逃。

“你想做什么？”

没有立刻拆开封口，仿佛不敢窥探其中内容，沈弦只是紧紧抓着那个文件袋，手指也被厚重纸面勒得发白。

这种柔韧而有弹性的质感，八成是照片。

“你还是先看一看吧。这可是我辛辛苦苦特意准备好拿来给你看的。”萧子棋气定神闲地催促，一副志在必得的模样。

内心一阵焦躁动摇。沈弦无法克制地拔高了声线，几乎就想把手中的东西砸回那女人脸上。

“你还能拿出什么东西，无非是些无聊的花边新闻。你一个职业记者，堂堂的电视台制作人，关心点什么民生大计社会症结不好——”

“哎呀，说得好像是我自己就乐意成天挖这些‘下水’一样。连你都这么说，我有点难过呢。”

一瞬，萧子棋的眼神变得锋利无比。

“不过有些东西啊，你要是不敢面对，我就看在咱俩情分不浅的分上帮你面对一下，算不算功德一件？”她一把重将那文件袋抽回来，三两下撕开封口，把里面的东西甩在沈弦眼前。

照片上的年轻女人美得如此熟悉，毫无疑问是谢华年，坐在即将汇入海湾的江边，夕阳金色的余晖落在眼睛里，那样温柔的眼神简直就像流淌的光。

而比肩坐在她身边的那个人，是程锦。

“感想如何？”萧子棋挑起眉。

“……这种东西能说明什么？”沈弦觉得自己的脸已经僵掉了，兀自顽强地嘴硬着。

“那么这个呢？”萧子棋立刻从包里拿出了另一张东西。

依旧是照片。

依旧是傍晚金色的大江大河。

依旧是谢华年。

可她在与程锦亲吻，彼此亲昵拥抱，任由指尖触碰那白皙的脸，揉进乌黑发丝里，如同呵护珍宝。

镜头的光晕模糊了画面，美如魔咒。

沈弦立刻就把脸别开了。

不敢直视。

没有那个勇气。

胸腔里那块地方骤然急促得紧缩，酸麻得已经感觉不出什么叫痛，只是吸不进气，连眼前一阵一阵泛起黑潮。

无法呼吸。

“真过分呢，那个大小姐一直都是这么玩弄你的心情吗？”

萧子棋的声音在耳边响起，亦无法分辨远近。

“和你没有关系吧！你们这些狗仔成天就只会做这些偷偷摸摸的事吗？说要把这种东西拿去给报社和电视台……你脑子里到底都塞了些什么？”

条件反射地吼出了难听的话，沈弦觉得听见了自己握拳时骨节相撞的声响。

“说要立刻发出去是故意激将你的。”看来早有意料，萧子棋并未生气，只是神色暧昧地扯起唇角。

那种尽在掌握的神态。

这个女人都知道。

她是诚心要这样一刀一刀把他的伤口挖出来，逼得他无路可走，看他痛苦无助的脆弱模样。

“直说吧，你想从我这里得到什么？”沈弦整个人都垮下来，嗓音嘶哑得没法听。

没办法了。

没办法了。

最多……不过是鱼死网破。

冷风骤然袭来，沉默刺骨。

“如果我说，我不介意呢？”

良久，萧子棋的声音缓缓地穿破了无边的寂静。

“现在的新闻界实在乏味得很，我厌倦了，想激流勇退了。但即便如此，你也不得不承认我的能力和资源一定能帮你解决许多问题，不管现在，还是将来。不如我只要沈家女主人的身份和地位，也帮你解决一切明面上可能存在的舆论问题，至于你要和谁来往，要做谁的跟班备胎，我不干涉。你觉得这笔生意如何呢？毕竟，你父亲也不可能无限制地放任你这么追着谢大小姐玩猫抓老鼠吧。”

直白的语言孤零零裸露着，刹那震颤，立刻又归入冗长静谧之中。

萧子棋的意思简单明了，四个字：利益婚姻。

沈弦猛抬起头，呆怔了好一会儿，忽然捂住脸发出令人毛骨悚然的大笑。

“这种交易还是算了吧。假如有一天华年真的接受我，她也绝对不是能够容忍‘分享’的那种人。答应你的条件，我恐怕就真的彻底‘死’了。”他苦涩地抬眼看向萧子棋，形状完美的唇角却渐渐染上冰霜。

“你真是……竟然还没死心啊。”

萧子棋微微蹙眉，也未见如何因为被拒绝而受伤。她却用一种悲悯的眼神安静地看着眼前这年轻的男人。

“是啊，我单恋她，像个白痴一样单恋得毫无理智呢。”沈弦向后仰起脸，放弃地靠在护栏上，“如果你想伤害她、毁灭她，就连着我一起伤害毁灭吧，顺便毁掉你想要的‘沈家女主人的身份和地位’。说真的那又能怎么样呢，还能让我比现在更痛苦一点吗。”

这视死如归丝毫也不悲壮，反而充满了垂死挣扎的悲凉。

萧子棋静静地看着他。

这个名叫沈弦的男人衔着光环出世，从小就一直被赞誉包围，年仅二十五岁已是医学界知名的后起之秀，任何时候都对世人展现着实力与完美，仿佛从不知失败为何物。

就算他现在正用这样一副颓然等死的模样坐在这里，也依然不可思议地焕发着难以抗拒的光，让人不由自主地想要看着他，看着他走到最后。

果然，毁掉他还是太暴殄天物了，怎么都舍不得下手呢。

“算了，就当我是舍不得毁掉我心心念念的‘沈家女主人的身份和地位’好了。”

萧子棋长叹一口气，反而展颜露出明快的微笑，“但是，沈医生，你自己选的路你可要坚持到底了，你不许半途而废又把我想要却得不到的东西给了‘别的’女人呢，不然我可是真会忍不住拼尽全力地赌上尊严去毁了她的。”她弯腰捏住沈弦的下巴，故意将玫瑰红色的唇印印在他嘴角，转身潇洒地挥手而去。

跨过阳光与阴影的分界线踩上冰冷的楼梯时她开始在心底哂笑：

怎么可能因为失恋就操控媒体去陷害情敌呢，就算你小看我，也不要小看媒体啊。

媒体这种凶器，既可以被钱收买，也可以被权力降服，更可以被舆论裹挟，是生是死，不由我说了算，也不由你说了算。那么危险的东西，我可从来没有蠢到以为真能利用它。

只是啊，就这样什么也不说什么也不做地承认自己彻底输了，总会让人觉得不甘心吧……

她似乎有些畏寒地缩了缩肩膀，把双手都插进衣兜里，头也不回地走下去。

高跟鞋嗒嗒脆响在楼道里，孤单格外清晰。

所以萧子棋没有看到。

在那个重归沉寂空旷的顶楼上，沈医生再一次向着阳光的方向举起手中的照片。

光线微薄地穿透了胶纸，显出半透明的轮廓。

他又点上一支烟，一口一口地抽得仿佛漫不经心。

他盯着那张照片，就像在研究什么病例影像，全神贯注得找寻症结。

然后，他把烟叼在嘴里，“啪”得打开了掌中的Zippo。

泛着蓝光的火焰跳跃着，慢慢地，慢慢地把那张镶嵌着黑玛瑙般眼眸的俊秀侧脸灼烧成焦黑卷曲的空洞。

当天下午的三个急诊手术都被沈弦推掉了，换了别的医生顶上，理由是：状态不好。

他请假从医院出来，径直把车开到谢华年独居的公寓楼下，不下车，不上楼，只是安静地盯着她回家必经的路口，不多时就看见谢大小姐的身影出现在拐角处。

没有拉风的跑车，也没有随时候立的“保镖”，如今的谢大小姐就像个普通上班族一样，一手拎着一个711购物袋，不紧不慢地在路边走着，神色柔和的仿佛微风的触摸。

沈弦不声不响地迎上去，接过那只塞得鼓鼓囊囊的购物袋。

“翘班了？”谢华年似乎有些意外，挑了挑眉。

沈弦默默不语。

两人默契地上楼，进门，习以为常。

沙发前的茶几上摆着一本房屋租售的广告册。沈弦拿起来粗略一翻，里面做着些许记号。

“……你打算搬家？”沈弦有些意外，却又似早已明了。

“也不是立刻就打算搬了，不过总要先看看，以备不时之需。”谢华年从冰柜里拿出两罐啤酒，扔一罐给沈弦，自己拉开另一罐，挨着沈弦身边坐下，终于松了口气一样，靠在沙发背上喝了一口，“这个公寓是家里的房产，多少有点——”

“不方便是吗，经常带人回来的话迟早会被发现对吧？然后就会被勒令立刻分手了。”沈弦立刻打断了她，全然没能察觉自己话语间尖锐的刺。

但这异样的锋芒怎么也无法隐藏。

“小弦？”谢华年微微顿了一下，扭过头看着沈弦。

手里的啤酒罐还没打开，紧攥在掌心里，像颗随时都会爆裂的炸弹。沈弦勉强地笑了一下，飞快地接道：“啊，对不起，一个人在乱发脾气。当我没说。我倒是认识做房产经纪的朋友——”

“沈弦。”

“口风绝对可以放心，如果你想见一见的话——”

“沈弦！”谢华年终于拔高音量，不许这家伙再说下去。她放下手中的啤酒，抬手一巴掌，轻轻地拍在沈弦脸颊，“你以为我是心血来潮就放着好日子不过偏要去找罪受吗？”

沈弦眼神微微一颤。

“你真的以为我只是为了程锦，只是为了一个男人，就打算冒险把自己的人生弄得一团糟吗？”谢华年逼近方寸，直视着他的眼睛，“你对我的了解和信任，原来都只到这种程度而已吗？”

“华年……”沈弦下意识后退，撑住了身后的靠背。

但谢华年只盯住他看了一会儿，忽然笑了。

“不要这样啊，你现在的思考能力简直跟满脑子恋爱的青春期小男生没什么区别。如果这些事让你这么苦恼，如果你根本不想介入，也没什么关系啊，没有必要这样勉强自己。”

她微笑着这样说。

沈弦整个怔住了，僵直得无法动弹。

从来没有见过，华年这样的笑容，如此柔和而又温暖的宽容，不，甚至是……悲悯。

是的，是悲悯。

瞬间，沈弦清晰地察觉自己在发抖。那种由心深处升腾而起的不可抑制的阴冷，叫作恐惧。

这样的华年，完全是一副成熟大人的模样，该做什么，不该做什么，在有规有划的道路上向着目标一步步往前走。

她已经要走掉了啊，眼看着越来越远。

可自己却仍然留在原地，像个没用的少年，只知道任性胡闹，手足无措地怯懦着，竟然还要惹来她的同情。

太难看了！

真的是……可悲至极。

“真的那么确定可以顺利地继续下去吗，这一次——”沈弦双手捂住了脸，负隅顽抗般掩饰濒临绝望的表情。

长久的沉寂。没有回音。只有疑问。

“你是说……程锦？”

他听见她靠进沙发里时沉重的呼吸。

“不确定啊，一点也不。但正因为如此，才更需要努力去确定一下啊。无论感情也好，还是别的什么也好，我可不喜欢不明不白就认输呢。”

低哑的嗓音传入耳中，疲惫中带着一丝苦涩。

残忍！

骗我一下，就让我彻底死心又如何呢……

可是，即便是这样的残忍，也还是喜欢，喜欢到无法自拔。

痛苦也好。绝望也好。

我宁愿你永远如此待我坦白！

“不可能顺利的。”

倏地，沈弦从掌心里抬起头，定定地看住那个安坐身旁的人。

“不管你心里是怎么想的，那都只是你的想法而已，你以为到底有多少人会在乎你的想法啊？他们关心的只有你什么时候倒霉而已啊！那时候不知道有多少无聊的家伙、胡说八道的家伙要死咬着不放。”

“我知道。所以才要早做准备——”谢华年默然一瞬，低声地应。

“你打算要准备什么？”沈弦一把按住垂在身侧的那只手，倾身逼近前去，“抛弃一切，接受千万人的质疑、追猎和冷嘲热讽，甚至彻底改变人生，你是要做这种准备吗？”

“小弦，你根本就没有好好在听我说话……”谢华年似乎想解释什么。

但沈弦确实已什么也听不进去了。

“为什么要去承受这样的事情？我不希望你受到任何伤害。可是你，你真要为了程锦不顾一切地扑上去吗？你有没有想过我的感受？难道我的感受对你而言就这么微不足道？”他的眸光锋利无比，眼底涌动的是升腾火焰，一如烈烈燃烧的灵魂。

“华年，如果你执意如此，如果那一天只是不可避免的将来的话，我希望陪在你身边的那个人，是我。”

他静了一静，用更加坚定的口吻，斩钉截铁地重复。

“不，陪在你身边的那个人，一定会是我。”

那天，沈弦最后说的那几句话究竟是什么意思，谢华年已经顾不上去想。

或者说，也根本不愿意细想吧。

即便有那么一瞬间感到难以言表的异样，也很快被刻意地忽略过去。

小弦是不可能做什么奇怪的事的，因为那家伙是沈弦，是她这么多年来最信任的伙伴，更是能够让她安心的存在。

只要这样想着，就能够迅速轻松下来，然后抬起头，继续向着前方的未知，走下去。

在画室兼职的工作并不轻松。小孩这种生物简直就和小动物没什么两样，活力充沛，向往一切闪闪发光的存在。优雅，美丽，仿佛什么都会，任何事都难不倒她，这样耀眼的新老师在小鬼们眼里简直就如同天上的星星一样，可以呼朋引伴地仰着头看上大半天，睁着忽闪忽闪的大眼睛，张着嘴，又叫又跳。几乎每天都有新的孩子跑来画室说也想要报名学画画，大多是邻近社区的，还有附近小学的。这么一大帮小恶魔凑在一起，经常让谢华年产生一种把他们集体塞进麻袋扔去填海的冲动。

而正牌老师张望则已经完全被新一轮暴涨的生源整得疯掉了，一边欢喜，却又一边手忙脚乱地完全应付不过来。

张望也曾经有一次忍不住好奇地问过："谢小姐你为什么肯接下这份工作呢？我看你都是业余时间才能过来，每次来的时候也都是一脸很辛苦的模样，想来正职工作也不轻松吧……你总不会是闲得无聊一时兴起——"

是啊，一个生活优渥的大小姐到底是为什么要放着舒适惬意的日子不过跑来伺候这帮小不点？

在普通人眼里看来，简直堪称不务正业之最啊。

如果母亲知道她竟然跑来这种破破烂烂的小画室做兼职，一定会连形象气质也顾不了了瞪着眼咆哮着吼她一脸吧……

确实，在许多个瞬间，谢大小姐也依然会觉得怀疑，甚至有一些可笑。

辛苦就一定有未来吗？

明明根本谁也不可能保证。

那么到底是为什么呢？

为什么还要朝着一个看不见摸不着的虚无未来走下去？

如此固执地，竟连自己都常忍不住感到恐惧。

"相信"这种力量，真的能有这么强大么。

还是说，这就是"爱"呢？

是吗，是因为"爱"啊。

如今这个时刻，是她二十余年的人生里，距离"爱"与"理想"，最近的时刻。谢华年深深地这么认为着。

那么，就算不能全都握住，至少也要拼尽全力地，抓住其中之一，绝不放手。

程锦开始筹备他在 S 市的个人咨询所。虽然有着海外学成归来的经历，在这个过于含蓄压抑的社会，依然起步得有些艰难，为了迁就客户，连公休日也常常不得不搭进去。对于种种被冠以“心理”之名的病症，国人总还是抱持着羞耻与轻蔑的成见，觉得只要“坚强”、“不作”就没什么大不了的，与其上什么诊所，还不如七大姑八大姨凑在一起吐吐槽就得了。

最初的一段时间里，程锦的咨询所几乎是无人问津的，直到过去在海外的同学介绍来了在华的外籍人士，才渐渐在对外咨询这一领域打开了局面。

而相较于这边缓慢上轨的进展，谢华年那一边的状况简直堪称地狱。

谢华年心里清楚明白，如今她想做的事，一件也不能透露给旁人知道，尤其是家里人，无论是程锦的事也好，还是……另一件事也好。

这一次，她什么也不能依靠，只能依靠自己，靠自己抢占先机，站稳阵地，让一切有可能出现的反对之声都无话可说。

公休日和普通上班族的下班时间反而是孩子们去学画的时间，而家里公司那边的事也不能松懈，每天好不容易回到住处的时候，谢华年都只想直接倒在床上睡过去，有好几次竟然真的躺在浴缸里睡着了被水呛醒过来。

如此高度紧张疲劳的状态，不要说见面，连通上电话也十分困难。

明明是两个生活在同一城市的人，邮件却几乎成为唯一的联系方式。不知该说太奇怪还是什么别的。

她和程锦见面的次数，甚至还不如沈弦来得多。毕竟沈弦那家伙可是会没羞没臊毫无顾忌地扑上门来就赖着不走的。

偶尔一瞬闪念，谢华年会恍惚觉得，忙碌不过是一种借口。

是回避。

无论是程锦，还是她自己，都在有意无意地避免见面，避免听到对方的声音。

因为……依然会焦躁吧。

毕竟还是不一样了啊。

太多曾经，发生过的事，谁都不可能假装从不存在，无论多么想也没办法简简单单将过去抹掉，若无其事地重新开始。

一旦听见那个声音，看见那个人在眼前，就会不由自主地困扰起来，那些原本刻意掩藏的不安便如同受到了蛊惑，蠢蠢往外冒着，让人焦躁得情难自已。

甚至，变成另一个自己。

这样奇怪的相处方式是无论如何也不可能持续下去的。

总得有一个人先打破。

而如果可以的话，谢华年不想再去做那个人。

不论从前还是现在，与程锦的相处中，她觉得自己永远都是先伸出手的那一个，做每一个决定，无论开始还是结束。这种感觉就像徒手抓着一抹幻影，纵然竭尽全力，也依然随时可能消散。只要自己稍微有一瞬松懈他就会不见了，一切就会结束。

想说，逼着对方主动一次会怎样呢？这种赌气的想法虽然很丢脸，却还是不由自主地就在脑海里生了出来。

想要这样去做，就仿佛想要一个证明，证明所有这全部并非是自己的一厢情愿。

然而，这种心绪复杂的较劲在得知程锦竟然在置办咨询所内的用品时直接找了王不理帮忙，连事先问都没有问自己一声时终于彻底崩坏了，长期蓄积的压抑转化成另一种无法控制的情绪，强烈地迸发出来。

为什么约了那家伙也不肯来找我呢？

这么理所当然地就被忽略了，就好像我根本不存在一样。

既然如此，我又算是什么？

这样的想法在心中盘桓不去，任何的解释听来都只是借口而已。

从激烈争执到无力争执，真正让谢华年彻底再也说不出一句话来的是程锦的质问。

“华年你到底是在爱着，还是说，想通过所谓的‘爱’来证明什么呢？你所执着的，到底是我呢，还是你迫切想要证明的，那个‘拥有未来的自己’呢？

“你爱的……真的是我吗？”

瞬间心悸，遽然如被扼住了咽喉，整个人就空了。

被否定得如此彻底。

眼前人说话时低垂的睫毛颤抖出哀伤的纤细，嗓音轻柔到每一声都令人心惊。

为什么？

为什么会是这样呢？

为什么你会是这样在看着我？

为什么我竟然会是这样的？

这真的是爱吗？

如此辛苦，疼痛，这样的恋爱，世上怎么可能会有。

可是，如果这并不是爱情，又还能是什么呢？这样拿不起又放不下的自己，究竟是在做些什么？

心里有一个声音在大叫着：“不是！不是这样的！”却怎么也找不到理由。

无言以对，无可辩驳，连自己也无法说服。

是谎言，亦是真实。

并非爱情，又是实实在在的爱情。

只是终于在爱对方与爱自己的战争里，狼狈地分出了胜负，如此而已吧。

是啊，这就是，打心底里不能相信，却又固执地竭力维持着的，无法承认也无法推翻的“自己”。

爱情从来不该是输赢的角逐。

即便只是一刹那的动摇，忍耐的理由也已被击得粉碎，驱使人依然前行的，只剩下惯性而已。

又或许是为了逃避。

接下来的一周内，谢华年都在重复着前一日的生活，仿佛已经设定程式的机械，没有发生任何变化的可能，直到忽然就在踏上公司大堂电梯的那一瞬间两眼发黑地栽倒下来。

穿过玻璃射来的阳光，刺得头脑一阵胀痛。

醒来时已经躺在自己的房间里，眼前从模糊到清晰的，是那张熟悉的脸。

沈弦。

谢华年本能地想坐起来，立刻感到一阵晕眩，伴随着想要呕吐的反胃感。视线还有些昏暗，脑袋被绷带紧紧缠着，可以感觉到右侧太阳穴上方的某个位置隐隐疼得厉害，大概是撞伤了。她挣扎了一瞬，便放弃地重新躺回绵软的大枕头里，含混不清地问：“你怎么在这里……”

“因为我二十四小时在盯梢你啊。”沈弦皱着眉，一副发怒的模样，嘴上却仍说着不着四六的胡话。

谢华年默然望着他。

“骗你的，你自己失去意识之前拨了我的电话，真的完全不记得了吗？”沈弦的声音听来似笑非笑，没有了镜框的遮挡，那种凝神审视的眼神便愈发显得锋利而灼热，让人无法招架。

踩上电梯之后的事是真的没有任何印象了，或许只是下意识的应激反应，按下了那个不知什么时候已经保存为应急呼叫的按键。

谢华年一时失语，只能无言地看着对方，以仰视的角度。

“没什么大问题，没有伤到骨头，颅部 CT 也没有看到阴影。”仿佛是想要安抚情绪一样，沈弦把手轻轻地覆在谢华年被白纱层层裹住的伤口上。

“爷爷还不知道吧？”脑袋还有些重，谢华年稍稍整理了一下断线的思绪，开始发问。

“不惊动你家里是不可能的啊，”沈弦似乎相当不满，反声诘难：“你可是直接从电梯上滚下来了喂，大小姐！那么多人都在现场被吓个半死，一瞬间就能嚷嚷开了。”

“那人呢？”谢华年不由皱眉。

“您家母上大人刚刚来过，确认大小姐您没有大碍已经先回去休息了。”如同戏谑，沈弦立刻捏起腔调。

“呿。”谢华年立刻冷哼一声。

“你这是什么态度？”沈弦伸手就捏住谢华年没被绷带缠住的脸，“难道你喜欢那种一群人围在床边‘华年你不要死啊！你一定要振作！你死了妈妈可怎么办！’之类的？被你这么惊吓了一场，夫人的精神压力也很大呢。”

“啰唆！别恶心了。”谢华年烦躁地挥开那只不老实的爪子侧身转向另一边去。

一瞬，两人之间沉默得有些微妙。

大概是头上的伤处作祟，侧躺的姿势让谢华年觉得脖子十分不舒服，却又固执地不肯转回身来，只好抬起手垫在脖子下面。

沈弦静静看了一会儿谢华年略显僵硬的后背，忽然笑起来，“只是睡眠不足和脱水引起的眩晕发热，好好休息几天就可以恢复。但是毕竟撞到头了，还是要观察一段时间，以防万一。撞到脑袋之后过了三四天才突然开始大出血的病例也不是没有过，你可不要太大意哟”。说着，他俯身凑上前，温柔而不容置疑地将谢华年拽了起来，强行按在床头靠背上。

“画室那边呢，我已经帮你请过假了。那个笨蛋老师家的小鬼让你乖乖在床上躺几个月不要急着回去呢——据说这样几个月以后你就会因为发现他的画技突飞猛进而爱上他了。”他仿佛无意说笑一般兀自接下去，扶住那颗被绷带缠得愈显苍白的脑袋，往谢华年背后塞了一只枕头，问：“想吃点什么？我煮了白粥和燕麦。”

“……水就可以。”谢华年撑着头，忍痛呻吟一样哼哼。

“那就当你选粥了。”沈弦全然自说自话地从保温锅里把粥盛出来，又拿了两个调料瓶递到谢华年面前，“海苔还是加糖？”

“……”

面对如此百折不挠的强大攻势，从内到外都被头痛包围着的谢大小姐好一阵语塞，终于也只能无奈地呼出一口气，听凭摆布地向后彻底靠进那只枕头里。

即便撒了碎海苔，白粥依然寡淡无味。

一贯挑剔的大小姐吃了两勺就皱着眉不肯再张嘴。

“不想吃也必须强迫自己吃！否则怎么好起来？”这样说着时，沈弦毫不犹豫地捏住谢华年的鼻子——与之前的温柔小心截然相反。

不得不张开嘴的谢华年在被强行灌下一碗粥之后，听见沈弦这样问：“其实我早就想说了，华年，现在的你，真的知道自己在做什么吗？”

“……哦，你还真敢问啊。不知道自己在做什么的，难道不是你吗？”谢大小姐虚弱地压下翻白眼的冲动。

沈弦咬了咬嘴唇。

“你之前说的话，我后来也有仔细想过。我承认我最近确实是有点心浮气躁——”

“有点?”谢华年挑起眉。

“特别，我最近确实特别心浮气躁——不过啊，这些都根本不是重点啊，我明明是在说你的事啊!”沈弦尴尬地扯了扯衣领。但他仍固执地盯着谢华年的眼睛。

“你想要的，到底是什么?真的想清楚了吗?”

时间一顿。

是遽然被揪住心尖的痛感。

谢华年觉得有些喘不过气。

自己的表情一定糟糕极了，就算不愿被发现，就算想要伪装成只是因为事故的关系，依然无法骗过自己啊……

是啊，自己想要的到底是什么呢?

自以为下定了决心，确立了人生的目标，自以为是在朝着正确的方向前进，到头来依然那么容易就感到受伤……好不容易鼓足的勇气，自说自话的所谓毅力，这样轻易地就濒临崩溃了。

大概自己……还是不够坚强吧。

不变得更加坚强不行啊。

不排除一切“杂念”是不行的。

眼前的景物模糊了，似乎有什么湿润的东西漫上来。

啊，果然把脑袋摔坏了。

不能哭。

无论发生什么，都不能哭。

因为我啊，这样的我，怎么能哭呢……

抬手捂住眼睛的时候，谢华年笑出声了。

“最近是真有点看不清路啊，上个电梯都能摔下来。小弦你买过那么多镜框架，对眼镜应该还挺在行的吧，不如改天带我去配一副好了。”

那声音透着疲惫的沙哑，苦涩与自嘲。

但沈弦抓住了她的手腕。

“看不清就不用再看，想不明白就不用再想，撑不下去就不用再撑了！就这样慢慢地，休息一下吧。然后等到终于看清了、想明白了的那一天，再站起来往前走不就好了吗。”

他把她的手拽下来，合握在掌心里，强行对上的目光中度来的是灼热的痛楚。

他说：“适可而止吧，已经满身是伤了还要逞强到什么地步啊！我不是跟你说过的吗？偶尔不用那么坚强也可以的啊。”

一瞬，谢华年整个呆住了。

继而感到轻松。

竟然真的想就这样顺从地放弃。

想要依赖眼前这个人。

是吗，原来是这样啊……

原来自己竟然是这样期待着，期待沈弦能来阻止自己。只有他开口，自己才能踩着这名为沈弦的台阶走下来吗？

撕开名存实亡的伪装，暴露出血肉稚嫩的真相，与其说是被如此不堪的自己所震惊，不如说是不知所措。

终于自己否定了，那个永远站在高处、被仰视、被期待的，苦心维持的自己。

人类，说到底，也只是人类啊……

一切都是虚假。

其实早就清楚地知道的。

可不虚假又能怎样？

不这样走下去，还能向哪儿走去？

明明生来就无可选择。

生而为人，根本……无处可去啊。

“人到底是为什么而活在这世上呢？”

谢华年缓缓地抬起头，唇角扬起时笑得勉强极了，眼神里却是无尽的灰色，“果然人之所以活着，只是因为怕死吧……每当快要觉察真相，就再骗一骗自己，自欺不下去的时候就会去求朋友帮忙，然后又可以继续假装阳光灿烂地活下去。”

那明明是看着面前人的眼睛，却像是穿透了所有，空洞，茫然，甚至隐隐尖刻。

光明即将散去，黑暗卷动。

沈弦想要嘶吼，想反驳，想狠狠地骂，但无法发出声音，就像被扼住了咽喉。

或许被扼住的是心脏。

“恨”这样的字眼是邪恶的，根本不该存在于心中。

但就是恨。

抛开法律之类的，甚至想杀了那家伙。

每一个让他深爱的人露出这种表情的家伙！

不，就算杀了他也无法平息这心中汹涌的怒意与疼痛。

“你还记得吧，华年，我说过的话。”

他用力收紧十指，握着谢华年的手，似要将这疼痛传递，“我啊，不玩镜框了只是因为你说不戴比较好看。你心里知道的。所以，就退一步，到我这里来，让我抱住你，成为你的支撑，不可以吗？”

然后，他在得到回答之前扑身拥住了他的期待，俨然像个唯恐答案不尽如人意而忐忑不安地连眼也不敢睁开的孩子。

他紧紧抱住那具依然温暖的身体，将微凉的手贴在心口。

“其实我很高兴哦，华年，你把电话打给了我。现在在这里，这样抱住你的，不是任何别的什么人，而是我。”

那之后的半个月，沈弦直接把卧室搬到了谢华年的客厅里，借着看护观察的理由，完全无视谢大小姐恨不得砸枕头的抗议。

这是半强迫式地侵入。更深，更深地侵入这明明触碰过许多次却一次也未能靠近的领域。

可以在检查伤情时肆无忌惮地抱住她的头，可以在猛然醒来的深夜安静地看着她被月光朦胧了轮廓的睡脸，可以在日常不断地争吵中感知她一点一点复原的生气——即便彼此都故意地忽略了潜伏心底的尖刺。

再没有更美妙的此刻。

想要一睁开眼就能看到你，而不是默默蹲守在黑暗里满心都是你的身影。

这样的日子，简直就好像再多一步便可以握住幸福。

但这一步的遥远却如此不可跨越，如影随形地提醒着沈弦，再美好的虚幻也总会烟消云散。

一旦安静下来，谢华年就会走神。

虽然她什么也不说，也不做，甚至面无表情地把一切都小心藏好。但她永远把手机放在随时可以够到的地方。

只要铃声响起，立刻就能接到，哪怕只是一封邮件，然后她就会再一次走掉，回到那个人的身边，留给自己一扇关上的门。

那扇只差一步就会对自己敞开的门。

他怎么可能在这里认输放弃？

于是沈弦故意在谢华年从浴室出来的时候跑去说了这样的话：“其实你洗澡的时候程锦来过，被我狠狠地骂了一顿就跑掉了。”

“……你是在说冷笑话吗？”正坐着擦头发的谢华年抬起头，挑眉时一脸不信的表情，却还是下意识瞥了一眼躺在旁边的手机。

沈弦在门边静了好一会儿，走上前来，靠近到几乎将谢华年压倒在沙发上，“我不介意先从那个帮忙骗一骗你的朋友做起，但既然要骗，就让我骗进这里去吧。”他用力地把手按在她心口，眼底流转的是化不开的浓烈眩惑，“把他赶出去，让我留在这里，否则我要怎样才能骗得了你？”

谢华年手中的毛巾无声地滑落下来。

与之相对的，是无法掩藏的心跳声，吐息间起伏的胸膛，还有湿润发丝间若有若无的薄荷香。

其实人天生是聪明又狡猾的动物，如果自己不愿被骗，就没人骗得了。即便蒙头大睡，触觉也依然警醒。

那个叫作心的地方一直疼痛着，无时无刻不在鸣泣着真相。

“程锦他只是性格比较——”谢华年苦笑一声，仰脸彻底靠进沙发里去。

“不是‘比较’，是根本烂透了啊，那位程先生！”沈弦毫不客气地打断这辩解，“明明都已经分手了还跑回来困扰你。”

“小弦……”谢华年虚弱地唤。

沈弦却愈发咬死不放起来，“既不放手又不肯承担，关键问题上只会躲躲闪闪——”

“沈弦，别说了。”谢华年彻底咬破了嘴唇。

“故意和别的女人保持暧昧想要惹你焦躁，等你真的生气了又把责任推得一干二净做出一副无辜的样子——这不都是那家伙的小把戏吗。‘心理医生’啥的还真是好职业啊，玩弄人心这种事显然相当拿手嘛。”沈弦终于一口气把深埋已久的不满尽数吐出来，不顾拒绝。

虽然，说情敌“坏话”是不好的，他知道。

一瞬间逞凶的快意之后，是溃堤的不安。

后悔又仓皇。

并不想这样的，不想做这种强行撕开伤口撒盐的事。

但又无法控制。

看见那样不断勉强着的她，明明很痛却拒绝回头的她。

“为什么还要维护他?”沈弦缓慢又轻柔地擦拭谢华年唇上浸出的血渍，定定看进她眼底。

被这样的追问逼得无处躲藏，谢华年的表情变得非常奇怪。

“都叫你别说了啊……”

没有被刺伤的痛苦，也没有愤怒，而是难以言表的黯淡。

是悲伤。

是了，就是悲伤。

“是我太糟糕了，总是不由自主地焦躁不安起来，然后又把怒气归咎在他身上，我明明应该再更加沉稳一点，更加——”她没有去推开压在身上的男人，而是抬手捂住了自己的眼睛。

“应该再更加勉强地去做更多你做不到的事吗？”沈弦忍不住冷笑。

你不知道你已经变了多少，变成了什么样子。

这样不断自责，甚至自我怀疑的你，从前根本无法想象。可是现在，却已经多看一眼都无法忍受。

无论哪一方，都压抑够了。

沈弦忽然觉得想哭，更想放声大笑。

“又怎样呢？看起来一张游刃有余的大小姐脸，其实又笨又纯情，自尊心还高得令人发指，不懂妥协，不会表达，总以为只要自己一个劲往前就能搞定一切……你啊，根本就是个十足的恋爱白痴，这种事不是明摆着的吗？可是，就算你做得糟糕至极又怎样呢？如果无法接受这样的你，如果不是觉得这样的你依然十分可爱，如果不能回应你如此辛苦又笨拙的努力，他就不配啊！那种家伙根本不配被你这样地爱着啊！为什么？为什么偏要对那种家伙如此地——”

其实心里是知道的。

所谓爱情，从来没有公平，不讲道理，就好像自己也是如此苦苦地牵挂着，这么多年，无论如何也无法放弃。

他像一只在风雪中奔跑了太久的狼，已然忘记恐惧，用力地把火抱进怀里，紧紧地抱着，连烫也再顾不得了。

谢华年也就那样任由他抱着。

那体温与气息，拥抱的触感，熟悉又陌生，就像想要靠近却又不敢奢望的火光。

好温暖啊……他的怀抱，让人情不自禁地就想依赖，想要永远留在这里。

“其实都是借口。”

唇角再次勾起苦涩的弧度，谢华年喃喃地低语着，“是我觉得很累，讨厌无法掌控未来的感觉，讨厌这么窝囊又难看的自己，所以想要逃避，想放弃了。”

说到底，只是人而已，会疲惫，会软弱，于是需要另一个人陪在身边，在撑不下去的时候拉自己一把，成为自己的支柱。

之所以分开了，是因为对方也放开了手。

但纵然如此，依旧无法释然，反而被更深更深的悲哀吞没了。

这只手真的就这样悬空了啊。

就算是自己先放弃了，被抛下的孤独感依然如此真实而强烈地侵蚀着灵魂。

“小弦，握住我的手。”谢华年不由自主把脸向沈弦胸口埋过去，抓住了正抱着自己的男人。

即便已盼了太久，依旧来得太突然。

一时间，沈弦有些懵了。

“……可以吗？”他小心翼翼地问。

“可以啊。”她哧哧笑起来。

“真的……可以吗？”

不敢相信，忍不住就要狂吼尖叫。

身体却已在理清思绪前做出了反应。

用力抓住那只终于向自己伸来的手，急不可耐地仿佛一旦错过就再也寻不到了。沈弦感觉到自己的嗓音在不可抑制地颤抖。

“从现在开始，就算你说：‘不行，要放弃了。’我也绝对不会放手！骗也好，使诈也好，哪怕伤害你囚禁你变成跟踪狂每时每刻盯着你也……绝对，绝对不会再放开你！这样也真的可以吗？”

眼底有雾气漫上来，什么都看不真切。

也不敢看得真切。

“啊，真的可以啊。”

女王沙哑的嗓音满是出征归来的疲惫，却依然如同甘美毒酒，引诱着骑士心深处无法止息的泉涌。

允诺就在耳边。不敢深入探究，亦不敢犹豫疑惑。不安一旦被狂喜蛊惑，立刻得寸进尺地要求更多。

沈弦把谢华年那只还躺在沙发上的手机拿过来，一脸认真执拗。

“那就干脆地和‘过去’告个别然后往前走吧，和我一起。”

无论开始还是结束，已经做下的决定，就该决定到底，这是生而为人最后的尊严。

“……我说你啊……以前没发现你这家伙个性这么差——”谢华年崩溃地一把夺过自己的手机，以免那个浑身上下都处于亢奋状态的男人会做出什么奇怪的事。

“是啊，我就是这种家伙啊，你到今天才发现吗？”沈弦已经完全是一副巨型犬的模样，死皮赖脸地趴在他的“主人”身上，摆出不达目的誓不罢休的架势，“果然我还是想亲手把那个电话号码删掉啊！我要看着你把那一页撕掉扔进垃圾箱里！”

“你差劲透了！”谢华年终于被气得笑起来。

否则，大概就真的要哭出声了吧。

一切卑劣皆源自于，他还不够爱你，你却非他不可。

当新的阳光穿刺了黑夜，终于获得许可的兴奋与冲动褪去，冷静与理智重新夺回思考的主宰，沈弦开始意识到，自己或许是被当作备胎——不，根本连备胎也算不上啊，只是一根仓皇无助时下意识抓住的稻草而已。

必须再进一步，必须有一个明确的“结束”，然后更强势地清洗她的记忆，彻底把她据为己有。

虽然，势必冒险，错一步满盘皆输。

如果可能，沈弦其实希望谢华年下辈子都再也不会见到程锦。虽然他也并不认为程锦这个人就真能对他的渴求、他的计划、他的一切追逐造成什么决定性的影响。

但当真正在路边下午茶的阳光里看见程锦和王不理推门走进来的那个瞬间，沈弦也并没有像自己曾以为的那样直接拉起谢华年走掉，而是下意识把没喝完的半杯咖啡推了过去。

“要打个招呼吗？”他意有所指地瞥了瞥那杯咖啡挑起眉。

“……你还能更烂一点吗？”谢华年看着这个一脸“正直”的男人，直接把咖啡倒进了桌旁的花盆里。

好吧，沈医生承认自己确实不是什么好鸟，如果谢大小姐不拦着他真得很想把那半杯剩咖啡照准程先生那张俊脸泼出去——百分百出于对情敌的妒恨。

但是谢华年拦着他，而且并不太想面对。

不想面对，是因为依然无法释怀。

沈弦当然知道。

所以才在意得不行。

妒火中烧。

哪怕表面上再如何平静，心底涌动的恶意也早已将理智尽数吞噬。

“哟！”

于是他在谢华年打算起身走掉之前一秒抢先挥了手，十足欠扁的纨绔子弟做派。

“程先生，‘我们家’大小姐有话想对你说呢。”

你发什么疯？

谢华年神色复杂地瞪着他。

帮你做个了断。

沈弦决定就算事后被揍也要死皮赖脸下去了。

我没说过要这么做。

你心里就是这么想的。

谢华年已经连发怒的力气也没有。

她看见程锦应声走过来，和她面对面坐下。

好一阵子不见，那张精致俊美的脸忽然显得陌生了，表情却依然如此熟悉。

那种模糊的、浅淡的伤感，仿佛昭示着什么不愿承认的结局。

的确，明明是有话想说的，可又不想说。

反复揣摩着对方的心意，一遍遍猜度可能的反应。

不想再有任何伤害。不想要更多难堪。

良久的沉默几乎将空气冻结。

谁也不肯先开口，好像这样就可以假装不尴尬。

然后沈弦伸手搭上了谢华年肩头。

只是那样轻轻地一拍，却像是陡然投入深井的石块，激起颤抖的涟漪，还有冗长沉闷的回音。

没可能永远避而不谈。

一切开始终将有结束，无论是否愿意，或接受。

谢华年一手按着茶杯，忽然毫无征兆地勾起唇角，笑了。

“我们，还有可能重新开始再努力一次吗？”

其实也并没有期待，心里清楚地知道着早已注定的结局。

有人屏住了呼吸。

所有人。

程锦沉默地垂着眼，绞着手指，因为用力而愈发显出神经质的苍白。

“华年，我一直都觉得，我一点也不了解你，真正的你。”他静了许久，露出一个无奈的苦笑，“你其实，也没给我这个机会啊。”

“你总自顾自地往前走，说的，想的，看着的，却从来都不是我们的眼前，不是眼前的我。总让我觉得，你只是一时心血来潮，等你冷静了，清醒了，一切就都不一样了。我始终还是在你的生命之外，根本没可能走进你。”说到这里他又安静下来，好一会儿，仿佛还犹豫最终的裁定，但终于还是深深叹息，“所以还是就这样算了吧。就这样淡下去算了吧，也许这样才是最好的。你和我，终究……不是一个世界的人。”

一切都是意料之中的，没有惊喜，也似乎并没有多难过。

“说的也是啊。是我太任性，太自以为是了。如果我再耐心一些，不要那么急躁，也许结局会有不同吧。毕竟无论合适与否，无论是不是那个对的人，不能在对的时间相遇、开始，就没有意义啊。”

良久沉默以后，是冗长的叹息。

由始至终谢华年都微笑着，语声惆怅却轻快，不泄露半点汹涌心绪，正是世家大小姐的模样。她像个高高在上的女王，至此境地也依然维护着她的风度，拒人千里的克制，再正统不过的分手。

“这么久以来，给你造成了许多困扰，抱歉。”

好像可以就此抹去一切，一笔勾销。

“你这家伙少来！”

最先忍耐不住的还是王不理。

一向活蹦乱跳的姑娘伸手一把揪住谢大小姐的衣领，差点要把桌子掀翻过来，“你根本就不知道师兄为你付出了多少感情！师兄他啊……他可是真的会为你哭的啊！”

谢华年默不作声地看着她，缓慢地拉开她的手。

但依然坚定。

坚定地再也不肯后退一步，更不肯低头。

“我真搞不懂你们。为什么？为什么一定要这样呢？”王不理就像个不肯接受现实的孩子，情绪激动地反复追问，难以平息。

“因为缘分就到这里为止了吧。”谢华年站起身，仔细把座椅推回原位。

纵然外表再如何波澜不惊，一反常态的谦逊还是悄无声息地将一点疲倦泄露无疑。

那些反复折磨神经的苦恼，痛疼，还有煎熬，到了现在，已经全体麻木，无法分辨，感觉坏死，只是很清晰地觉得累，很累，不想再纠缠下去了，只想解脱。

她听见程锦和她说话。

他似乎在问她："沈弦就可以吗？那个与你相遇在对的时间的，对的人，是他吗？"

此时的程锦定定看住她，双眼一片浓黑，窥不透深浅，莫名让人害怕。

谢华年张了张嘴，却发不出声音。

无法回答。

一瞬间周遭的一切都扭曲了，五彩斑斓地挤压过来。

她转身径直走了。

沈弦就在她身后，寸步不离地跟着，她知道。

下午的街市嘈杂喧闹，人来车往的川流足以淹没一切。

"什么都别说。我没事。"她别开脸，反按住沈弦抚上她肩头的手。

掌心里一片湿冷，压得人生疼。

沈弦轻轻地握住那只手，十指交缠地握住了。

透过咖啡厅的玻璃，他看见王不理还在激动地和程锦说些什么。照那孩子执拗的性格，多半还在极力劝说些"不要放弃""快追上去""不管怎样我都支持你"之类的傻话。

没用的。

刚才那个问题的答案不是已经明摆着了吗？

你注定会输。

因为我，不允许你赢。

“华年，你答应过我什么你忘记了吗？”

沈弦慢慢收紧五指，把谢华年带到身前来，近得环起手臂就可以抱住，“你答应过到我怀里来，和我并肩前行，让我握住你的手，永远，绝对不放开。你忘记了吗？”

他低下头，嗅着耳鬓发梢的淡香贪恋低语。

然后他在瞥见程锦投来的目光时毫不犹豫地吻住了他的女王。

他的女王。

从这一刻开始，只属于他沈弦一个人，再没有任何人能夺走。

谢华年难得乖顺地任由他抱着，在人潮汹涌的街头，与他细密拥吻，静谧且绵长。

一切看起来都那么美。

除却眼角滑落的泪水，恍如氤氲幻影。

“小弦。”

“嗯？”

“对不起。”

“为什么？”

“抱紧我。”

“嗯。”

次日，当谢华年被电话铃声吵醒的时候，有那么一瞬间她甚至以为自己看见了回闪。

像是临死前一生经历的倒流。

电话是母亲打来的。母亲的声音听来有些压抑，好似正极度克制着情绪。她对她说："什么都别说，赶紧回来。"

谢华年愣了一秒，下意识拉开窗帘往楼下看了一眼，然后就在一片镁光灯的刺眼闪烁中重新关上了。

据说是一个刚入行没多久的女摄影记者跟拍到街头那一幕亲密拥吻的照片，燃爆了当天的网络新闻头条。

财阀大小姐和闻名遐迩的花花公子，对普罗大众而言如此喜闻乐见的桃色八卦，却是双方家族最不想卷入的无聊流言。

这个世界的规则其实很简单，玩无所谓，谁都有贪玩的时候，只要别玩脱了。

家里派了律师和车来接人，反复对那些蜂拥而上的记者说着"暂时无可奉告"。

一路上谢华年都静得出奇。

按理说似乎该更慌张了一些才对。

比计划早了一点。她还没有完全做好准备。

在这种无异丛林的社会，有太多饥渴的血盆大口随时等待着可乘之机，只为生吞活剥那一口血肉，一点点细小的失误，都可能死无葬身之地。

但偏偏没什么感觉。

就好像依旧是胸有成竹的样子。早有预料，也早有觉悟。注定发生的，迟早会发生。

直到看见沈弦弯腰低头站在祖父家大厅的地上——被他那个当教授的老爸恶狠狠按着头。

"都是犬子的过错，给大小姐添麻烦了。"

谢华年忽然觉得刺眼极了。

姻的，关于这一点爷爷您也已经认可过了。”

“所以？”谢正饶有兴致地笑看着自己的孙女。

“所以我爱谁，和谁在一起，包括将来跟谁结婚，到底结不结婚，都只是我个人的私事，不需要给任何人交代。”

“你是在说，你已经做了选择，并且准备好为此承担了，是吗？”

果然任何狡猾的文字游戏在爷爷这里都是行不通的，绝不会允许她有任何半吊子的回避。

谢华年沉默了一瞬。

沈弦企图插嘴圆场，但被她制止了。

她扼住沈弦的手腕，用力到好似说出这些话已用尽了毕生的气力，以及必死的决心。

“是的。无论现在正在发生的，还是今后即将发生的，都是我自己的决定，并且也已做好了充分的准备。”

终于将这番话说出口时，谢华年觉得她看见祖父笑了一下。

那能算是什么？首肯，还是嘲弄？太微妙了，实在难以参透。

二十五年来的谢华年一直都是希望能让家人们引以为傲的，但时至今日，她才真正发现，骄傲也好，失望也好，她最终所能做的只是她自己，只是谢华年而已。

“那么，该怎么做你也已经都想清楚了？”

祖父的目光里有种审视的权威，亦是不容置疑的裁判。

“我都想清楚了。”谢华年轻轻向祖父鞠了一躬，转身又看了一眼一旁沉默的母亲，抓起沈弦就往外走。

“华年！”母亲焦急的声音落在身后，“你要干什么？”

“做我该做的事。”

谢华年连头也不回。

虽然时机并不如预设中那样完美。

但这是她的战场，任何人都可以退缩，唯独她不能。

她昂着头走出祖父家大门的时候，面对闪个不停的刺眼白光，把一脸懵圈的沈弦拎到前台，这样说：

“我和沈弦之间的关系，承蒙大家多年以来的关心，我没什么想要解释的，也不认为有什么解释的必要。但是关于我离开谢氏和家里的公司的‘传闻’，我想说，我已经决定在谢氏从前并未涉足的新领域开始一系列开创工作，具体详情我们很快会安排发布。谢谢大家对谢氏和我的关注。”

然后她把沈弦塞进车里，在一众嘈杂追问声中扬长而去。

一切似乎尽如意料，又件件全在意料之外。

整整两个小时，沈弦都处于恍如梦游的呆滞状态，乖乖地任由摆布，指东边绝不敢往西跑。

直到进了大小姐公寓的门，被勒令站在玄关不许动好一会儿，他才像是惊醒了一般，一下子跳起来抱住谢华年……

“我又一次爱上你了！更爱你了！连路都走不动了！”

谢华年放任地被他扑倒在沙发上。

“虽然我本来还有点期待你会惊慌一下、消沉一下、依靠我一下、让我保护保护你什么的呢！”沈弦难得欢欣地一个劲儿冒着粉红泡泡。

“我什么时候做过躲在任何人背后的事？”谢大小姐不满地皱眉。

“是的，你从来都不会做这种事。”

沈弦的眼神沉静下来，渐渐深邃。

“所以我才这样爱你。”

他低头亲吻谢华年的手背，细细密密，到指尖，再到掌心，反复着虔诚。

那种温柔的触感甜蜜又亲昵，如同刮过心头的羽毛，松软地撩起无限悸动。

还有贪恋。

但是谢华年轻轻按住了他的嘴唇。

那是噤声的讯号。

“其实我没有那么坦白。”她定定回看着他的眼睛，“小弦，我……还不太清楚我对你究竟是怎么回事。”

沈弦静了一瞬。

“我知道。但你何必非要坦白呢。”

他看着那个人，那个从少年时代开始便占据他灵魂的人，在从未触及过的距离，近到心跳相连。

自负之下，比谁都不安，张扬之下，比谁都寂寞。这样的那个她，只有他知道，只有他在意过。

你其实已在心里偷偷哭过多少回呢？

“很累吧，不想继续再逞强了吧。”

他又低头亲吻她，掌心，唇齿，耳鬓发梢，慢慢收紧怀抱，不放过每一寸厮磨。

“人啊，是没有温暖就无法真真正正活下去的生物呢，就算依然会呼吸、吃饭、玩乐、纵情释放，心却已经死掉了。

“感觉到了吗，温暖就是，即使失败也没关系，哭泣也没关系，不用逞强也没关系，闭上眼睛也没关系，总有一个人会守在这里，这样抱住你。

“你记不记得那天你从电梯上摔下来打电话给我，你明明已经这样下意识地选择我了啊，为什么你就是迟迟不肯承认？可是我啊，当时我就决定了，停在原地不行，我等不下去，我要往前再走一步，强行抓住你。因为你这家伙这么久了一点长进都没有，从来没学会爱惜自己。

“别再逞强了，偶尔也让我来守护你吧，华年。”

那些话与亲吻交织一处，密不可分，简直不像深沉耳语，而是心跳间倾尽所有的告白。

谢华年觉得自己脸红了——尽管不太想承认，但那种燃烧的灼热，还有呼吸急促时深刻的晕眩，无论怎样也无法否认。

这种话说出口也太……难为情了啊！

这家伙到底还能煽情羞耻到什么程度……

“够了啊你，我可还不是你的女朋友呢，这种话你不觉得说错对象了吗？”

她傲娇地别过脸去，红着脸，嘟囔出看似愤怒的话语。然而就算傲娇地别过脸去也掩饰不了意乱心慌的动摇。

沈弦看着这样的恋人——终于确信了属于他的恋人——愉快地笑起来。

“那么，就请你和我一起守护我们的将来吧。”

他再一次轻柔地将手按在她心脏跳动的位置。

“总有一天你会承认，你是爱我的。在这里。正如我爱你一样。这就是为什么我在这里，在现在，和你在一起。”

“只有现在？”谢华年略显不悦地挑挑眉。

沈弦满足地把吻烙在最深爱的眼帘上。

“一生一世，永生永世。”

谢华年难得顺从地由着他细腻亲吻，许久许久，伸手扳住他下巴，迫使他直视自己的双眼，而后轻声开口，低缓如同契约的吟唱，有如诗篇：

Till the end of your life,
Even if the seas run dry and sun never rise,
You will always be there for me.
And I will love you,
As it is the last thing I have to do.
That´s not the lie.
That´s what I swore,
With my entire life.

倾汝此生，守我之隅。海枯石烂，金乌不复。
倾我此生，守我之誓。不死不休，我心永固。

向往温暖的爱

人生不过是一场背负枷锁的旅途，能够获得完全的自由的，只有心。

绘画教师张望觉得自己可能遇到了人生中的一个大危机。

从一个小时前，在他画室兼职的谢小姐带着那个男人到画室来开始，那个男人就一直用威慑的眼神盯着自己，就像盯住随时可能侵犯领地的野狗一样。

那个男人，就是初遇时谢华年画在纸上的男人，似乎是叫神……仙……啊，沈弦。

坦白说，张望有点小困惑。

他觉得沈弦和谢华年之间的气氛很微妙。两人站在一起的时候，无论是表情还是动作，或者时不时拌两句嘴的对话，怎么看都已经是老夫老妻的既视感嘛。

可谢华年却坚决否认沈弦是她的男朋友。

这是为什么呢？

要让张望来评价的话，他觉得沈弦和谢华年，这两个人明明很般配啊……

而沈医生的危机感则要“质朴”得多了。

他就是单纯忍不住瞪着出现在谢大小姐身边的男人而已。

啊，其实他从老早以前就这样了，就算是陆弘，刚认识的时候也被他足足瞪了三天呢。

虽然说这位张老师看起来是一副草窝头胡茬脸不修边幅土文青的模样，完全不是大小姐的菜才对——可是程锦那种也不应该是啊！

想到谢大小姐“剑走偏锋”的审美倾向，沈医生顿时又是一阵胃痛。

忽然他听见有人在他脚边问他话。

“眼镜叔叔，你的眼镜呢？”

沈弦低头一看，正对上张一一那双闪亮圆润的大眼睛。

“首先，镜框那种浮夸的东西我早就已经不戴了；其次，我明明是哥哥啊，是大哥哥啊，臭小鬼你为什么要叫我叔叔！”

其实有什么必要跟小孩较这种真啊……

沈医生忽然觉得自己有点无聊。

张一一却一脸不服。

“可是你不是我爸爸的朋友么？”

“那个大姐姐也是你爸爸的朋友哦，你敢喊她‘阿姨’试试啊？”沈弦坏心眼地指了指正在和张望谈话中的谢华年。

张一一也扭头看了一眼谢华年，嘟着嘴。

“谢姐姐是大姐姐哦！”

“为什么她是‘姐姐’我就是‘叔叔’啊？！”沈医生略有点抓狂。

“因为我长大了是要娶谢姐姐的哦！臭大叔！”张一一理所当然地睁大眼，还没忘冲沈弦吐舌头做了个鬼脸。

啊，熊孩子果然都很讨厌呢。

沈弦深吸了一口气，压下想要殴打小朋友的冲动。

“你怎么连小孩儿也欺负啊？就不能老实点好好待着？”

谢大小姐嗔怪的声音传入耳中。

沈医生悲愤地捂住耳朵彻底缩回座位里。

嗯，熊孩子就是万恶之源。

万恶之源！

谢大小姐和张老师的谈话，核心意思可以概括成三个字："合作吧。"

张老师久久都没能从震惊中回过神来。

谢大小姐说："我们出资收购你的画室，同时你可以自愿出资或者用知识产权参股成为公司的股东，公司成立以后，画室现有的全部资产及各项前置许可，包括培训资格之类的由公司全部继承，美术培训作为公司的一项重要分支业务会持续发展，如果你喜欢你也可以继续参与，不过我觉得你应该可以把精力留给更有意义的事情吧。"

张老师盯住谢大小姐闷了半晌，疑惑地说："啊？"

谢大小姐揉了差点抽搐的嘴角：

"一、我出钱买你的画室，但你还是可以继续当老板，只不过变成老板之一而已；

"二、我出钱把你的画室做大，设立更多的教学点，聘请更多的老师，收更多的学生，赚更多的钱；

"三、你不用再被画室的琐事困住，可以有更多的时间去画你自己想画的作品，我可以出钱给你办画展、办沙龙，请喜欢艺术收藏的客人来参加，买你的画，还可以帮你去参加顶级的赛事，带你上业界前沿的媒体，让更多人看到你的作品，喜欢你的作品；

"以上，要跟我混吗？"

张老师愣了半晌，又捏了捏自己的脸，只挤出一个字："是。"

喂，说好的艺术家的气质、文艺青年的节操呢？

完全败给钱了啊？!

沈医生在一边不满地腹诽。

“所以你之前跑来这破地方‘打工’就是为了这个啊。”

离开画室回程的路上，他才憋不住地吐出这句话。

“嗯，不亲自上前线永远都只能纸上谈兵的吧。我想亲自判断一下这条路能不能走通。”谢大小姐似乎心情很好的样子，望着车窗外不断变换的景致，有一搭没一搭玩弄着沈弦挂在车里的挂饰，“而且你不觉得张望这个人很有趣吗？他这个画室这么小，又偏僻，生源却源源不断地增多，有些学生甚至坐两个小时公车来这里，就为了跟他学画画呢，这种吸引力很了不起吧？他的画作也很了不起。我看人一向很准的哦，这家伙可是能做招牌的。”

“啊，你就是看人超准所以才看上程锦的啊。”沈弦咧嘴，拐过一个弯道。

“你这家伙怎么这么小心眼？到底还要念多久才够啊？”谢华年顺着惯性气愤地瞪着眼扭回头，毫不留情地在沈弦脑袋上揍了一拳，“再说程锦到底怎么了？合不合适做恋爱对象，跟别的没关系的吧？人家的咨询所现在发展很好哦。”

“你还知道他的近况啊？”沈弦觉得自己的嘴无法控制地咧得更大了。

“知道近况怎么了？要你管！吵死人了！”谢大小姐超不满意地又狠狠一拳揍过来。

“可是——”

“闭嘴！”

短兵对接一回合，完败。

被禁言的沈医生委屈地吸了吸鼻子，改变了话题的航道。

“我是说，就算这样，你给那个草窝头的好处也太多了啊？”

“多吗？”

谢华年侧目，用看白痴的眼神看了一眼正双手紧握方向盘的沈医生。

“可是我跳过孵化期直接有了一家盈利模式成熟且立刻就能增长利润的公司啊。而且重点是，这公司是我的，不是爷爷的。”她顿了一下，仿佛可以强调，“想要成全自己，就得先成全别人。这个世界上，没有自己一个人也能走的路呢……无论哪条路。这个道理，明明你以前比我更明白的啊。”

瞬间，沈弦觉得失语。

胸腔里有什么滚烫的东西，汹涌澎湃着，仿佛随时都能冲出来。

“接下来只要在现有的基础之上做好内容，有了可以深度开发的内容，就能吸引更多的资金向下游拓展了——”

他听见谢华年轻声的自语。

“所以呢？”

“所以？”谢大小姐一副已经被气笑了的模样，伸手又在他脑门上弹了一下，“所以，等到产业链成型的时候，就算我不去找爷爷，他也会主动来问我需不需要他的钱啊！啊不，说不定都不用等那么久呢，我觉得三天之内他就会来找我了。那可是号称能嗅出‘钱的味道’的我的祖父大人哦。”

“……你这样说自己的爷爷真的好吗？”沈医生差点一头栽在前窗上。

但谢华年是认真的。

“拜你所赐，我可是被迫提前在爷爷和媒体面前放了狠话的。如果战败了，你小子给我以死谢罪啊！”

她骤然收敛起所有的笑意，用甚至可说肃杀的神情，紧紧盯着沈弦。

沈弦怔了良久，终于认输地失笑。

“我有点放心了。”他无意识地放松了握住方向盘的双手，“我之前还一直担心得不得了，怕你会后悔，然后一定就会讨厌我了。”

“后悔？我有什么好后悔的？”谢华年不明所以地看着他。

“家世啊！遗产啊！好多钱啊！”沈医生牙疼地释放了盘桓心头多日的吼叫。

“跟这些有什么关系啊？”谢大小姐差点把眼珠子掉地上。

“可是那天你说的那些话……”

“你以为我要跟家里决裂吗？”

“呃……”

“为了你啊？！”

“哈哈……”

“你原来是这种蠢货吗？”

“骂‘蠢货’是不是稍微有点过分……”

“啊，我现在真的有点后悔了呢——”

“请不要这样！”沈医生不顾形象地哀嚎起来。

“我到底什么时候指望过家里的家产啊？如果没有赚到更多钱的能力，就算将来继承了家业，也只会很快败光而已吧。说到底这个世界上哪有什么不用努力也能坐拥金山的富X代啊？钱这种东西可是很容易从指缝里流走的哦！其他人会有奇怪的幻想也就算了，你为什么也会有这种无聊的脑洞啊？原来你对我的了解只到这种程度而已吗？”谢大小姐挂着“原来你是这种白痴”的嫌弃，一口气把反问砸在哀嚎中的沈医生脸上，完全以庭审的气势。

沈弦根本无言以对，只好求饶地双手合十——然后立刻被一记暴怒的“好好开车”骂回了方向盘上。

谢大小姐愤愤揪住沈医生，足足训诫了十分钟，好不容易消了一点气，才终于放开那只已经通红的耳朵。

“如果做了爷爷无法认可的选择，就要赌上荣誉和性命去证明自己是对的——我和爷爷之间就是这样约定的。”

她安静了好一阵，换了沉静语调，重新开口。

“所谓家族世代传承的遗产，也并不是钱，而是这种证明自己的能力，以及一切可以为能者所用的资源。钱虽然也很重要，但只是副产品罢了。我是这么认为的。

“从小每一个人都对我说，总有一天我会接替祖父和父亲，站在大厦的顶层，俯瞰每一盏闪烁的都市霓虹。以前我一直觉得很无趣。那种冰冷又遥远的东西，伸出手去什么也摸不到。但是现在，我要依靠自己的实力站到那个属于我的位置上去，并不是作为任何人的继任者，而任何人也不能阻止我。因为我终于确定了想要站在高处的理由。”

她脸上的表情认真极了，纤长睫毛下乌黑的眼睛里，隐隐似有光华闪动。

沈弦不由看得痴了，差点手一软直接把车开进沟里。

“别用这么‘恶心’的眼神看我，‘理由’那句并不是在说你——你给我好好看路啊，我不想出车祸死在这里！”谢大小姐“嫌弃”地把那张帅脸推回一个正常司机应该摆放脑袋的位置，才又缓缓说下去，“我还是喜欢漫画，无论如何也想在这个领域做些事，想参与其中，想创造能够被全世界看见的作品。只要想着这个目标，心里就会很澎湃，充满了动力，很多以前纠结着放不下的事也觉得并没有什么关系了。果然，人生第一重要的还是理想和事业啊。”

“说的是啊，我果然只是那个‘爷爷无法认可的选择’呢……”沈医生默默在心里流下了泪水。

“嗯，而且你最近还表现得越来越无法被认可了哦。”谢大小姐用力点了点头。

“华年你认真的啊？”沈弦哀叫着，再次焦虑地扭头望住谢华年。

结果他彻底看清了大小姐显然已强忍了很久的笑脸。

“逗你的，笨蛋！”谢华年用修剪精致的指尖在沈弦脸颊戳了两下，然后又在下一秒指着窗外的路面开始了新一轮的轰炸，“你又在扭S形了！到底行不行啊你？你以为你开的是蛇啊？！”

沈弦听着耳边熟悉的嗓音。是一如既往趾高气扬的语调，干脆利落的风格。他终于也怅然笑出声来。

其实很失礼。

华年或许曾经因为恋爱而困扰，但她却从未被困住。

她凭借自己的能力驱散了阴影的吞噬，从淤泥里走了出来，重新找到了自己的位置。

不，应该说，她终于在那条想要选择的路上稳稳地迈进了一步。

相比之下，满脑子只剩下争风吃醋的自己，像个小学生一样一言不合就玻璃心起来蛮不讲理的自己，甚至还要把如此幼稚的想法强加在华年身上的自己……真是糟糕透了。

“你根本就没有好好在听我说话……”

“不知道自己在做什么的，难道不是你吗？”

“原来你对我的了解只到这种程度而已吗？”

难怪华年会一次又一次这样骂他。

难怪她从来就没有把他当作可以成为“伴侣”的人来看待，即便到了这个地步，也依然只是一句含糊的“还不清楚”而已。

果然，如此难堪的他自己，根本就不配吧……

他到底有什么资格和立场揪住程锦刻薄个没完没了。

沈弦尴尬地缩了缩僵硬的脖子，偷摸去看坐在身边的谢华年。

人其实是生而有别的。

成长的起点、家世环境、所受到的教育，决定着一个人的眼界、心智、思考方式，决定她或他将成为什么样的人。

所以有些人才会轻易被微不足道的失意拖下深渊，而另一些人，却立刻就抓住了利害，即便已至绝地也能精准反击。

王不理也看见了这样的真相，所以才会气急败坏，俨然被夺走了鱼干的炸毛猫咪。

而他自己呢？

他，沈弦，自认为站在谢华年身边且能够永远站在那里的男人，他又究竟是怎样的呢？是看破却不说破的沉默者？还是浑浑噩噩的无知者？抑或是愤愤不平的叛逆者？

也许都不是。

也许连他自己也不明白，他究竟是怎样一种存在，尤其对华年来说，他究竟算是什么。

但只有一点，只有一点他是完全明白的。

他知道他的心。

人生不过是一场背负枷锁的旅途，能够获得完全的自由的，只有心。

所以，无论如何，也要听从心的声音，哪怕任性也好，有些事，有些人，绝不放弃，绝不妥协。

当天把谢大小姐送回去之后，沈弦径直把车开去了姐姐沈乐的家。

和从小不让家里人省心却好好“继承家业”做了医生的弟弟完全不同，一向是乖乖女的沈乐在老老实实从新闻系读完研究生又在某知名时尚杂志社上了三年班后的某一天，突然毫无预兆地辞职了，而且是裸辞。当时简直吓坏了完全没有心理准备的母亲，外带气绿了父亲的脸。但沈乐却什么也没多说，只留下一句“想要活得更像自己一点”就离开了家，租了一间便宜的地下室，做起了美妆博主和时尚买手，从此一发不可收拾，靠着专业媒体人的经验和敏锐，至今已然是个粉丝以百万计的网络红人。

虽然沈弦每天都很想告诉那几百万个粉丝，他姐看起来又乖又甜其实是个超级人形自走八卦机。

沈乐对八卦的敏感程度和热衷程度，从她端方高雅品位精致的外表上，是半点痕迹也捕捉不到的。好在沈乐的兴趣仅限收藏而已，倒是没什么扩散八卦的爱好。不过想想自己那点破事搞不好姐姐什么都知道，总还是免不了有种心虚的感觉吧。

所以沈弦其实有点犹豫。

到底该不该到姐姐这里来呢？

不过这个世界上，大概没有比这里更安全的约见地点了吧。

毕竟他可是要来和姐姐的那位大学同窗好友见面呢。

萧子棋。

沈弦到沈乐家的时候，萧子棋早已先到了，正靠在沙发上喝着薄荷酒，笑着和沈乐聊天，看见沈弦进门，挑眉举起酒杯，做了个敬酒的手势，算是迎接。

“大白天就喝上了……还自称是约我来谈‘正事’的。”沈医生摆出一张嫌弃脸，丝毫也不把自己当外人地走到吧台边上，给自己倒了一杯矿泉水，然后走到萧子棋面前，示威似的喝了一口。

“你还有底气教训我呢？看来完全没有意识到自己现在是什么处境啊。”萧子棋翘着修长美腿，似笑非笑地扯起唇角，“是你故意的吧，那些照片，你故意让 Aileen 拿到手。”一句话，眸光骤然锋利。

“谁?”沈弦略偏了一下脑袋，忽然露出恍然大悟的脸，“啊，是萧小姐的那个可爱后辈啊，娃娃脸，脸颊上有小雀斑的那个对吧，她怎么了?最近还好吗?”

“别装傻。你知道我在说什么。”

萧子棋干脆地放下手中的酒杯。

玻璃与茶几相撞，发出“叮”的一声清响。

“你怎么还笑得出来呢?”她紧紧盯着他的眼睛，眉间紧锁的是冷峻的质疑。

沈弦张了张嘴，却没说出话来，只是又咬紧了牙关，紧张地咽了口唾沫。

萧子棋所说这个 Aileen，名叫朱艾琳，是新到萧子棋手下做事的实习生，曾经因为萧子棋的关系和沈弦打过一次照面——直到沈弦再次找上她之前。

而沈弦找她是为了那则突然就成了头条的“新闻”。

等在小姑娘常去的酒吧，装作不期而遇的惊讶模样，轻车熟路地在闲聊中透露出一点引人遐思的关键信息，引起女性的关注和兴趣，对沈医生来说都是再简单不过的事。

虽然他的目的并不在于勾搭小姑娘。

朱艾琳是那种初出茅庐野心勃勃的女孩儿，心机灵巧，有许多小聪明，伴随着小危险，只要在适当的时候抛出适当的诱饵，她就会立刻像鱼一样咬上来。

所以沈弦“不经意地”让她听到了“已经被大小姐扔出来睡了半个月客厅”“周末带她到哪里去散散心才能原谅我啊”“啊，一不小心就对你发牢骚了，能不能替我保密呢”之类的话。

之后的一切发展，都是可以预料的套路。

急于搞个大新闻的小记者按图索骥地拍到了那张街头拥吻的照片，不顾前辈的阻拦，抢先在网上捅了出去，一发而不可收拾。

被骂只是预想之中的连带反应里最轻的一项。

但沈弦不后悔。

这么多年了，他终于做了赌命一搏的事，才能强行站在了现在这个位置。

虽然这么荒唐的蠢事，如果被那个大小姐知道了，一个处理不好就会再也不想看见他的脸吧。

“我已经和谢氏的公关沟通过了，后续的重心都会放在华年的新公司上，这样大家就都会以为只是大小姐‘开张大吉’的‘彩头’而已了吧。”沈弦撇开视线，毫无意识地皱起眉。

“对啊，所以是 Aileen 造谣咯？还是为了配合‘利益相关方’制造了一个假新闻？你还没意识到问题在哪里吗？”萧子棋却伸手一把拽住沈弦衣领，强迫他正视自己的眼睛。

如斯压迫感瞬间让沈弦焦躁起来。

“这事跟你没有任何关系吧，你又在打什么鬼主意？”他用力拍开那只掐在咽喉前一寸的手。

“我打什么鬼主意？”

萧子棋难以置信地挑眉，嗤笑一声。

“看在沈乐的面子上，看在咱俩那点‘交情’的分上，我可是真心想救你一命的哦。”

她抱臂整理了一下自己的情绪，似乎在极力克制着发怒的冲动，好一会儿才又重新开口。

“照片是 Aileen 自己去拍的，还是你另外找人拍了送给她的？这件事除了你们俩之外，还有没有第三个人搅在里面。”

“萧小姐你算第三个‘人’吗？”沈弦仰脸靠进沙发里，露出个嘲讽的冷笑。

他似乎还想说什么。

但沈乐立刻按住了他。

萧子棋略眯起眼，用她惯用的打量猎物的眼神盯住沈弦看了许久。

“沈弦，媒体是可以杀人的。你就是清楚地知道这一点，之前才会那样提防我的吧？那你为什么不提防 Aileen 呢？”

她沉下嗓音问他。

“你觉得她不过就是个急于上位的小姑娘，跟那些你连名字和脸都从来没记住过的漂亮小姑娘一样，随时可以被淹没掉，翻不起什么大浪来也不会有任何杀伤力是吗？你怎么可以自以为是到这种地步？”

“说的是呢，我最近脑子确实坏掉了吧。”沈弦嬉皮笑脸地打了个哈哈。

像是早已预判到这种反应，萧子棋几乎没有理他。

她只是沉静地下达指令。

“你现在立刻回去找谢华年，把你这些犯蠢的破事全都告诉她，让她想办法去把这件事了了。你自己不许出面，从此以后再也不要跟 Aileen 有任何往来。至于事了之后谢大小姐要怎么收拾你，都是你自己作的。”

沈弦似笑非笑地赖在沙发上，没有动，没有任何反应。

萧子棋等了片刻，眉心愈发拧成了结。

“你以为我在吓唬你吗？”她冷冷地反问，“你自诩跟在谢大小姐身边这么多年了，你知道谢家有多少产业，与多少大小公司有利益关系吗？谢氏之所以有现在这样的风评，除了‘低调’、有优秀的公关团队之外，你知道他们在多少你看不到，甚至从来没想过的地方撒了多少钱吗？你知道曾经带头跟拍过那位大小姐的记者现在都在什么地方过着什么样的日子吗？还有那个被揍了的，对，虽然当时似乎是给了让对方满意的位数，但钱这种东西可是很容易带来灾祸的啊。而这些事甚至根本不需要谢家自己人开口啊！区区一个刚入行的实习生，简直就是蝼蚁，真的以为能拿这种无聊的桃色垃圾从龙的身上拔下鳞片吗？在社会新闻上捅了篓子的，还有可能被发配来做娱乐边角料，比如我这种的；栽在花边新闻上的能被扔去哪里？拜你所赐，那丫头的职业生涯已经完了啊，也许人生也就这样完蛋了啊！”

啊，这长篇大论的说教……

沈弦不堪其扰地反驳：“我只是‘不小心’让她怀疑了我和华年的关系，顺便‘不小心’让她知道了一下行程而已。又不是我让她去这么做的，她自己想要走捷径，就该想得到后果——”

“没错，Aileen 是活该！”

萧子棋截口打断他。

“做了蠢事就该付出代价。但你以为她不会因此迁怒于你吗？你怎么知道她死以前不会拉你垫背？醒醒啊，笨蛋！任何圈子，都有自己的游戏规则，破坏了游戏规则，就会遭到规则的反击，到那时候，谢大小姐不会有任何损伤，会死的只有 Aileen 还有你而已。

“你父亲可是堂堂的教授，大学附属医院的院长，是学界知名的专家，有头有脸有身份的人，为什么要带着你这个愚不可及的蠢儿子专程上门去谢罪啊？明明你这个白痴狗一样追着人家摇尾巴摇了这么多年谢家全家上下早就都知道得一清二楚了吧？都什么年代了，只是亲了一下而已有什么大不了的还得跪求原谅？你用脑子好好想想啊！你以为你做了这么蠢的事还能瞒得住谁啊？伯父是在求老爷子宽恕你的愚蠢，保你一条小命啊！”

“对对，你说得都对！”沈弦揉了揉那张油盐不进的帅脸，起身打算走人。

走到门口，他瞥见姐姐沈乐在看着他。

打从他进门开始，沈乐就一直这么看着他，满眼都是担忧。

这眼神没来由叫他一阵心虚气短。

“总之我自己知道的，你们就别管了。”他烦躁地用力拉开了门。

“Aileen 一定会找上你的。”萧子棋冷冷地在他身后做出结论，“你骗了她，利用了她，她会恨你的。我可不想陪着沈乐去给你的坟头献花。”

“嗯，多谢关心了。”沈弦回头看了一眼，挤出个闪亮亮的笑脸，然后“砰”的一声关了门。

心情已经抑郁到了极点，像有千万奔涌的黑色潮水，找不到宣泄出口。

为什么我要被那种不相干的人这样教训啊？

说得好像我特别喜欢这么做一样。

那些大道理，以为我真的不知道吗？

可是……没有办法啊。

那种很无望又不愿意绝望的心情，不想这样原地踏步下去却又无法停下的心情，已经无法抑制了。

这样在心里恶狠狠控诉着，却还是不由自主把车开回了那所公寓，待醒神时，已经手足无措地站在了玄关前。

“诶？你怎么又回来了？”

绑着发带束起前额乱发的谢大小姐从电脑前抬起头，一脸茫然。

沈弦呆呆地站在玄关盯住她看了一会儿，忽然两三步跑过去，闷声一把将她紧紧抱进怀里。

谢华年挣了两下没能脱身，也不知道他突然怎么了，不由困惑地软声安抚。

“乖。别闹。我今天必须把这个方案写完啊。”

沈弦不依不饶地低头把脑袋埋在她颈窝里乱蹭，撒娇一样低声吭叽。

“等你把这一阵子忙过了，让我陪你出去散散心吧，去你从前和程锦去过的地方。”

谢华年怔了一瞬，气得笑出声来。

“我说，你还真是会让人烦躁啊……为什么要去‘和程锦去过的地方’啊？”

沈弦闷闷地在她身后哼哼。

“我要把你的记忆擦干净。这里也好，那里也好，任何地方都好，我要你只记得我，彻彻底底地只记得我，再也没有那家伙的影子。”

“……这是什么新近大热狗血剧里的台词吗？”谢大小姐彻底大笑起来。

“好过分，人家明明是认真的！”沈医生放弃地一头栽进沙发里，用靠枕死死捂住了脸。

“那我和程锦一起读的大学呢，你要重读吗？”谢华年笑着在他身边坐下，拽了一下他露在外面的后领子。

沈弦依旧埋着脸，没有应声。

“小弦，你怎么了？”

谢华年静静等了他一会儿，终于俯身把那张帅脸从靠枕堆里往外扒拉。

沈弦别扭地磨蹭了半晌，犹犹豫豫露出半张脸。

“如果……我是说如果，我犯了错，做了很蠢的事，你会原谅我吗？”

谢华年愣住了，好一会儿才回过神来。

“你干吗了？又出去撩妹了？用我现在请医生来给你做血检吗？”

“并没有做这种事！”沈弦听见自己的后槽牙明显磨出“咔”的一响。

谢华年一手撑着下巴，费解地盯住沈弦的眼睛。

“你这家伙不一直都这么喜欢犯蠢吗？我早就习惯了！”

她毫不客气地揪住他的脸，看了一眼墙上的挂钟，把他拖到投影前的XBOX边上，“这么晚了，你今天别开夜车回去了吧。零食自己吃，游戏自己玩，困了自己洗洗早点睡，重点是——别闹我，让我赶紧把方案好好写完，OK？而且你自己明天也还要上早班的吧。”

沈弦严肃地眨眨眼，仿佛还真的认真思考了一下的样子，把脸侧着送过去指了指。

“亲一下就答应你。”

下一秒就在大小姐“别得寸进尺啊”的咆哮声中被踹飞在墙角。

沈弦那家伙绝对有哪里不太对劲。

谢大小姐深深地这么觉得。

一反常态的举止，心事重重的表情，说出来的话也十分古怪。

那家伙究竟发生了什么事？

其实只要像从前那样随便让家里的秘书去查一下就能一清二楚，就像当年琢磨不清程锦的时候。

但谢华年也不知为什么，这样的事，她不想对沈弦做。

沈弦是不一样的。

要说究竟是哪里不一样，一时之间，她也没办法说清道明。

硬要说的话，大概，是感觉吧。

就是这种难以言表的“感觉”，让她莫名就踟蹰起来，再不能像面对其他任何人那样杀伐决断。

所以，当大魔王王不爱领着她家的面瘫大律师找上门来的时候，谢华年忽然一阵烦躁。

好像私有领地受到了侵犯。

啊，真是烦死人了。

这种焦躁的感觉。

谢大小姐皱着眉，看着王不爱摆到她面前的 iPad，嫌弃地拿指尖划着屏幕，翻看那几张监控视频的截图。

画面上是沈弦和一个不认识的年轻女孩儿，在一家热闹非凡的酒吧里。

其实也并没有什么见不得人的举动，唯一略显“微妙”的，是这个年轻女孩儿的身份。据说就是这场无聊闹剧的爆料记者吧，虽然谢大小姐并没怎么关心过。

但是，既然已经被塞到眼前来了，想不关心也不太可能了。

“所以呢？你们的意思是说，这个破事根本是沈弦那个白痴作死作出来的？”谢华年敲着iPad屏幕，烦躁地看着她的好“闺蜜”。

“好像是这样呢。虽然这小子并不是对你有什么恶意，只是单纯在犯蠢罢了。”王不爱似笑非笑地玩着她的卷发，看了看身边依旧保持着完美面瘫脸的顾南国，接着说道，“我们本来只是想调查一下那个萧子棋，以备不时之需，没想到意外带出这么个大‘八卦’。总之，保密协议我们已经准备好了，你看看，没有什么问题的话，就让南国去约那位朱小姐见面吧。”

顾律师十分适时地从公文包里，取出事先拟好的文件，递上去。

谢华年接过来，却没有看，而是直接按下了。

“这位朱艾琳小姐现在是个什么情况？”

“正在春风得意地筹备她的新栏目呢，很不正常吧。”王不爱勾起唇角，双眼亮晶晶的，“这些东西，我们能查到，老爷子那边估计早就知道了啊。”

没错，这种蠢事，祖父一定早就知道了。

但却什么反应也没有。

祖父大人是在等她先反应。

性质决定结果。是合作营销，还是制假造谣，将直接决定参与者所要面对的未来。包括沈弦。

但谢家的人从来没有做过与媒体合谋利用桃色绯闻炒作的事，也并不想开这个先河。

所以祖父是要等着她会做出怎样的选择，是会维护本家的利益，还是默许这一次啼笑皆非的胡闹。

即便如此，她其实也并不是那个能够决定结果的人。

如果她擅自越过祖父去和朱艾琳达成协议，恐怕有人会死得更快吧……

“你们不要蹚这个浑水了。这件事我会自己去和爷爷商量的，但决定权在爷爷，我做不了主。”谢华年头痛地揉了揉太阳穴，直接把那份保密协议塞进碎纸机里。

“可是好不容易才有一点跟老爷子谈判的筹码呢，这样真的好吗？”王不爱噘起嘴，却还是含着笑的。

“我不能和这种记者做交易，开了这个先例，以后不但会一直被勒索，更会被媒体轻视的。”谢华年抱臂靠在沙发上，暗自咬了咬嘴唇，“但是同理，我也不会让爷爷拿这件事来控制我。”

王不爱挑起眉，“沈小弦可能会吃苦头的哦。你真有心理准备啊？”

“他活该。”谢大小姐实在忍无可忍翻了个白眼，恨恨哼了一声。

王不爱大笑起来。

“我开始觉得程锦其实挺有自知之明，也挺知进退了。”她东倒西歪地捂着肚子，一副已经笑出腹肌的模样，好半天才重新撑起身子，趴在了谢华年肩膀上，低声耳语：“可是……有个人这样飞蛾扑火地爱着你，爱到智商都欠费停机了，明明是个聪明人，偏偏只为了你一个做蠢事，不觉得挺可爱、挺感动的吗？”

“并不想让他这样感动我啊！”谢大小姐欲哭无泪地捂住了脸。

王不爱却忽然收敛了神色。

“那就亲口告诉他怎么样？”她略微歪过脑袋，深深望住谢华年的眼睛，压低了声线，一字一字缓缓说道：“不是每个人都能跟上你的节奏，更不是每个人都能明白你心里想的是什么、要的是什么哦。所以，你如果不好好做出回应的话，不让他安心的话，他搞不好就会一直不停地做蠢事呢。又不是你肚子里的蛔虫，总有些时候需要你好好说给他知道才行啊。这个道理你明明很清楚的不是吗？”

心尖不由一颤。

谢华年整个人都僵住了。

“这个我当然知道啊，可是——”

可是，那是沈弦啊。

明明是那个一直在自己身边，一直最懂自己的人……那个和所有“其他人”都不一样的人。

虽然，她对他是真的不公平的。

其实自己心里清楚地知道着。

这种暧昧不明的态度，不承认又不放手的拉扯，根本是她最讨厌的才对啊……

啊，为什么又陷进这种讨厌的纠结里了啊。

现在这样的自己，和当初让自己那么痛苦不堪的程锦，又有什么区别呢？

她一定也让沈弦痛苦了吧……

谢华年深深叹了一口气，按住额角闭起了眼。

“不爱……你说得我有点想吐。”

“是吗？‘肚子里的蛔虫’这个说法很普通啊。”王不爱嘟囔着侧过脸，问身边的男友，“‘蛔虫’会很恶心吗？”

“‘蛔虫’？”顾律师认真地思考了一下，“好像是有点恶心呢。”

“哎？真的吗？”王不爱睁大了眼睛，“我觉得‘蛔虫’还是挺可爱的啊！你看，白白的，软软的——”

“请你们不要一直重复更不要详细描述了好吗！”

谢大小姐终于抓狂地抓起靠枕直接砸了过去。

比计划中提前了几天，谢华年主动回了祖父谢正的大宅。

“我不会求爷爷您帮忙的。但是，我也不会放弃沈弦。他虽然做了蠢事，但我觉得没能把想法好好传达给他我也有责任，所以这个过错应该由我们两个一起承担。无论接下来会发生什么事，我都会和他一起好好面对的。”

她在仔细向祖父“汇报”了接下来的发展计划之后，才异常冷静地面对祖父正坐着说了这样的话。然后听见祖父低沉的问话。

“为什么？”

“哎？”谢华年微微一愣，抬起头，正对上祖父含笑的双眼。

“为什么是沈家的小子？”

虽然已是八十余岁的老者，祖父却不见半点老态，无论身板还是气度，依旧精盛，莫名就让人挪不开视线。他就这样静静地问他唯一的孙女。

谢华年张了张嘴，想要回答，却什么也答不上来。

心里骤然一阵迷茫。

是啊，为什么是沈弦呢？

其实这问题至今她也没能想明白。

一切都那么自然，就好像本该如此，她甚至尚未反应过来，他便已在那里了，一直在那里，就像一盏永不熄灭的灯火，那么明亮，那么温暖。

对，就是温暖。

“因为很温暖……沈弦他让我觉得，很温暖。”

回神时，她已喃喃将这话说了出来。

她忽然笑起来，抬眼迎住祖父的目光。

“不论发生什么都会陪着我，不论什么时候都可以回去，回到他依然在等着我的那个地方，只要想到还有他在就觉得很安心，不管遇到什么事都没关系，这种存在，就像家人一样不是吗？”

谢正不置可否地把玩着掌中的玉雕核桃，笑容意味深长。良久，他终于缓缓开口。

“你小时候忽然嚷嚷着要做什么漫画社，我其实很期待，想看看我的孙女究竟能做到什么地步。结果上大学时，你放弃了。”

“等等……明明是你们轮番轰炸非要逼着我去读商科的吧？”谢大小姐忽然觉得自己有点弄不明白状况了。

“对，但你也可以选择不妥协。”谢老爷子却笑得愈发愉悦，带着长者坐看小辈犯蠢时居高临下的优越，当然更多的，是慈爱与欣慰，“既然这么轻易就能妥协放弃，你也没可能做成什么大事吧。所以，你重新做出选择的时候，其实我松了一口气。”

“说什么‘轻易就妥协放弃’……这种话就算是您来说也有点太——”谢华年彻底扶住了额头，简直想把脸按进茶几里藏起来。

“很过分对吧。一直严格地管制着你，限制你的言行、你的交友、你的爱好、你的理想，一举一动都必须符合完美继承人的身份，反对你的自主选择又在你妥协之后责怪你为什么不坚持——很难过吧？从小就觉得很累，很压抑，甚至怀疑过家人根本就不爱你，只要是个能作为继承人养大的孩子就好，不是你也没关系，是吧？”

谢老爷子不紧不慢喝着茶，虽然脸上的笑容始终慈祥，吐出的字句却半点不留情面。

啊，老爷子竟然自己把这种话说出来了……

这是刮的什么妖风……

谢华年垂死挣扎地捂着脸，听见祖父语声里渐浓的笑意。

“可是，就是在这样过分的管束下，你才成为了今天的你。”

她听见祖父如是对她说：

“用尽全力，让你成长为现在这样的人，这就是家人给你的爱。或许对你来说，确实很过分，但是，能有这样的继任者，我很骄傲。”

“爷爷……”谢华年用力揉了揉已然湿润的眼睛。

谢老爷子显然并不喜欢被打断，即便是最疼爱的孙女也不行，于是摆了摆手，继续最后的陈词。

“但是你果然已经长大了，该到了让你自己去闯一闯的时候了，我也没有什么好像从前那样再事事管着你的了。”

这大概是一句惆怅的感慨，本该有惆怅的剧情。

“爷爷……”谢大小姐用力撑着前额，抑制不住双手地颤抖，终于在这一刻攒满了一条累积二十五年的怒气槽，以掀桌而起的气势大叫出声来。

“果然我长成现在这个样子都怪爷爷您啊！”

虽然，爷爷真的很骄傲。

好容易把祖父大人哄得开开心心之后，谢华年特意去找了沈弦。

她难得耐心地静静等在医院门口的花坛边，从天光大亮等到灯火阑珊，一直等到做完最后一台手术挂着满脸倦容的沈医生走出来。

她开车送沈弦回家，在临分别时问他：“你有什么应该告诉我的事需要跟我说一说吗？”

沈弦定定看着她，眸光闪烁，良久，到底嬉笑着什么也没说。

他只是在她拉开车门打算离去时忽然反身抱住了她。

“华年，我爱你，你知道的吧，我爱你。”

谢华年静静任由他抱住，听着他急促如同擂鼓的心跳，缓缓点了点头。

“嗯，我知道的哦。”

学会与你相爱

过去之所以是过去，只因我们再也无法回到从前。

致

那个人

爱你

如飞蛾扑火

如一株向阳的植物

如爱自己

沈弦被人捅了。凶器是一把再普通不过的水果刀。

一个没能走下手术台的患者的丈夫带着十几个据说是“亲戚”的人堵在科室门口大吵大闹，哭诉着自己如何艰难才凑集到救命的钱把妻子送到大城市的大医院来，然而钱花了，命却依然没有救回来。后来不知怎么就动起了手。沈弦把没来得及跑开的小护士死死挡在身后，拿自己的身体挡了三刀，而这个死去的患者他甚至根本没有参与过治疗。

只是一个本能的反应，却需要亲友用多少勇气和镇定来接受。

得知这个消息的时候，谢华年正为新公司组建的事忙得昏天黑地，以至于猛然接到沈乐的电话半晌都没能反应过来电话那边带着哭腔的人究竟在说什么。

毫无实感。

直到亲眼看见那个从前围着病床转的家伙如今躺在病床上被人围着，身上插着各种粗细不一的奇怪管子，谢华年才终于能重新把中断的思维勉强连通起来。

脑海里有许多空白，冷汗却在瞬间淌了满身。

谢华年曾经设想过沈弦这一次愚蠢的冒进可能带来何种后果，比如被揭出所谓的“黑历史”，再次成为风口浪尖的焦点，被舆论围剿，被口诛笔伐，被无数根本不知道是谁更勿论互相了解的人辱骂，甚至医院还可能迫于舆论压力不得不做出应对在一定程度上影响到沈弦的事业发展……但这些谢华年都觉得无所谓。

还可以承受。

人一旦做错了事，就一定会付出代价，不在今天，也会在明天。

这是应该担负的责任。所以无论如何，只要坦然面对，总能够解决，总会过去。

谢华年自以为充分地做好了应对的准备。她甚至曾以为她已经以最大的恶意揣测了人类。直到这一刻，她才赫然发现自己依旧如此幼稚可笑。

她怎么也没想过事情的走向竟然会是这样。

何至于此？

何至于此！

然而，诚如没有谁能说清楚人类究竟有多好，人类这种东西，一旦坏起来到底能有多坏，答案也是下不封底的。

王不爱的反应依然是最快的，在事发当天就带着顾大律师把一摞厚厚的调查资料甩在了谢华年面前。

事情的真相其实也很简单，并没有太多五色斑斓的戏剧油彩。

谢氏针对前次照片事件的公关启动的同时，实习记者朱艾琳已经自动成为了弃卒。根本无需特意“关照”，而只是事态发展的必然结果。毕竟比起关乎长远利益的资本本身，区区一个凑巧抢到一次眼球的小记者简直如同蝼蚁，可以被牺牲得毫不犹豫。

于是朱艾琳被 UTV 果断辞退，并毫无疑问上了各家同行的黑名单，在几次求职受挫之后终于积怨爆发，跑去沈弦父子就职的医院蹲了好几天，逮到了这么个自认可以东山再起绝地反击的机会。

“这是医疗事故，你去找他们闹，我帮你制造舆论把事件炒成个大新闻，医院就会给你们赔钱消灾。”

有拿着证的记者找上门来提供了这样一条“生财之道”，已然缺钱缺到骨髓发黑的患者家属立刻就上了船。

其实最初的时候谁也没有想要谁的命。

不过是图名图利，或想找点晦气释放心中淤积的恶意。

但就是这样恶意与恶意的叠加，让一切都浸染上了血色。

该怨谁呢？

谢华年想了很久。

也许只能怪潘多拉打开了禁忌的魔盒。

“院方应该已经报警了吧？起诉，告他们，让他们接受应有的惩罚，就算你不肯求老爷子出面帮忙，有我们俩在这官司也妥妥输不了。”王不爱简单粗暴地做下结论。她把那些白纸黑字的“罪证”一页一页摊开在谢华年眼前，意味深长地挑起眉，“打狗也得看主人吧？何况沈弦可不是你的狗。”

没错，这大概真的是已经被打上门了。

但心里却并没有那么多汹涌难平的愤怒。

也并不是没有感觉的。

取而代之的，是一种空荡荡的失落感，还有无穷无尽漫过心头的悲哀。

谢华年默然地转过脸，看向同样坐在等候室的沙发上却始终冷笑不语的萧子棋。

这还是她第一次见到这位“大名鼎鼎如雷贯耳”的萧小姐，各种意义上的拜沈弦所赐。

而萧子棋却不仅仅在打量谢华年。她把在场众人挨个看一圈，依旧是一贯审度的方式，末了愈发扬起唇角。

“王律师不愧是年纪轻轻就拥有自己律所的精英翘楚，嗅觉敏锐反应迅猛，虽然律所对外放出的招牌都是男性——比如顾律师这样的青年才俊，但幕后真正的掌舵人还是非王律师莫属。没错，这个案子你们去打多半能赢。可王律师觉得谢大小姐是缺这块儿八毛的钱呢还是特别喜欢看人坐牢？”

她抱臂靠在沙发里，颇有几分示威之意地看着正对面的王不爱，挑起眉梢。

“这世上不是只有你们会做调查的。我知道你们最擅长法庭见了，只要上了你们的主场，死的都能给你们说成活的。但是我比你们了解媒体，比你们了解网络，还有张着血盆大口等着生吞活剥的所谓‘大众’。”

她说到此处便顿下来，似乎正刻意等着回应。

王不爱也抱臂靠在沙发里盯住与自己正面相对的红衣女人，嘴角依旧噙着笑，但什么也不说。

萧子棋倒也并不执着于让对方开口。她只等了一会儿，便又挂着笑懒懒继续说下去。

“穷苦小贩砸锅卖铁欠债数十万好不容易为妻子凑足医药费，妻子却疑似因医疗事故依然不治身亡，小贩向医院讨要说法，反而被医院联合富商权贵送进监狱，这样的故事，你们以为‘大众’真的会‘喜闻乐见’吗？富二代欺骗利用刚入行不久的小记者，害得小记者丢了饭碗流离失所还嫌不够，竟然勾结司法把小记者告上法庭，这样的故事，你们以为‘舆论’到底会站在谁那一边啊？你们怎么那么肯定法官不会向‘民意’屈服？你们当律师的，舆论倒逼司法的案例还见得少吗？到那时候，别说沈弦被捅了三刀，就算他已经被捅死了，也只会有无数人状若狂欢地高叫‘杀得好’啊。”她很是惋惜地叹了一口气，仿佛已经看见了沈弦死不瞑目的惨景。

王不爱一手托着下巴，若有所思地盯住萧子棋形状完美的红唇，良久长叹一口气。

“我读书的时候曾经觉得律师不追求真相和正义是一件很扯的事，万万没想到今天竟然是被应该高喊‘追问真相是新闻的自由’的记者大人教育了——真相和正义根本一钱不值。”

“对啊，就是一钱不值啊。”萧子棋耸耸肩，一撩垂落肩头的长发，“什么‘真相’啊‘正义’啊，那些举着大旗喊打喊杀的人想要的只是发泄情绪而已，如果你的‘真相’和‘正义’不能满足他们的需求，他们可是真会扔石头砸死你的。这样的‘大众’，你到底想让他们看见怎样的‘真相’和‘正义’呢？明明是一群自愿活在重重叠叠的假象之中，也只有这样才能活下去的家伙。”

“虚空之虚空，凡事皆是虚空。果然，太阳底下并无鲜事呢。”王不爱神色暧昧地眯起眼，看了一眼身边仍保持着那张波澜不惊面瘫脸的男友，笑着说：“不过，我其实没什么所谓。对我来说，问题一向可以很简单——让该付出代价的付出代价不就好了？无论哪种代价。”

“我当然不是说某些人不该付出代价。”萧子棋立刻扯起唇角，“但这件事到底该怎么处置——”她说着再次将目光转向持续沉默的谢华年。

谢华年略怔了一瞬才反应过来萧子棋是在等她的决断。

心里其实是抵触的。有许多厌倦，还有本能的排斥。

如果有的选，谢华年是不想和萧子棋打交道的。虽然并不是因为讨厌，而是因为危险。

的确一切不可控制的都是危险的，愈是鲜艳，往往愈凶猛，甚至剧毒其中，稍有不慎便会被吞噬殆尽。

尤其是萧子棋这样的女人，美丽又危险，总让人忍不住被吸引，又忍不住脊背发凉。

“你来管这个闲事是为什么呢？为了沈弦？还是说……另有所图？”谢华年沉思片刻，平静开口。

“都有吧。这么好的‘素材’我为什么要错过？难道你们以为我真的喜欢每天挖名人隐私耍宝混日子吗？”萧子棋应得不假思索，“再说，无论是看在过去的‘交情’，还是沈乐的面子，我也没有残忍到就不管那小子死活的地步啊。毕竟一日夫妻百日恩呢。”

她语声极为轻快，似只是在说笑，眼中闪动的光华却愈发明亮精盛。

“其实，以我的履历和能力，有‘主顾’找到我，让我来处理这件事也不奇怪啊。毕竟，日后要上法庭了，王律师和顾律师也是没法绕开我的，不是吗？”她起身绕到谢华年身边，凑近到耳畔，用只有彼此能够听清的语声含笑诉说。

啊，原来是这样。

原来是爷爷。

不，应该说，果然不愧是爷爷呢。

心底骤然缩紧，仿佛被凿开了一个缺口，不知什么滋味。

大约是可笑的自尊心作祟吧。

谢华年深深吐息，按住已然阵阵生疼的太阳穴。

“沈弦和朱小姐之间的事就到此为止。欠债还钱，也算天经地义。除此以外的，你们爱怎么办怎么办吧，只要别把我们再扯进去。”

“如您所愿，尽力效劳。”

萧子棋反而笑得越发迷人起来。她从容拎起手包，红裙似火身姿摇曳地走到门口，又在推开门时笑着回过头，意味深长地望向仍然坐着没动的王不爱，

“二位不请我吃个饭吗？我觉得这事儿，咱们应该还有不少可以聊吧。”

一瞬间，王不爱唇角挂着的笑也悄无声息地晕染开来。她探寻地看了谢华年一眼，伸手轻轻按住好友肩膀。

谢华年放弃挣扎地撑住额头，挥了挥手。

送走萧子棋和王不爱他们以后，谢华年独自在等候室里静了许久。

心里始终有种雾蒙蒙的感觉，难以描述。

大约是混沌。大约是还没从震惊发懵的状态中完全复原。

她其实不太确定自己究竟在想什么。

有一点愧疚，想说如果自己当初不要把沈弦逼到那样的境地，今日种种或许便不会发生。

更多的还是困惑。

她忽然觉得自己并不是很懂，也并不想懂事情为什么会一步步发展成这样。

人类实在是难以揣摩的存在。

为什么会这样做呢？

又是为什么会这样想？

有太多疑问始终无法参透。或许永远也不会懂。

就好像也并没有多少人能够懂她。

每一个人都是自己的孤岛，无论生在何地，何种环境，贫穷或是富裕，理解与被理解都不过是虚幻的奢望。生而为人，注定彼此相依却又孤独。

所以才会渴望爱，才会生出恨。

向往爱的温暖与庇护，却又无法克制宣泄恨意时胜过肾上腺素飙升的目眩幻觉。

明明自己也是渴望被爱的，却吝啬爱人，反而不断传递着恨的嘈杂。

这样的人类，怎么也没办法爱啊。

却也无法恨。

因为无法割裂。

因为生在其中。

因为自己，终究是一个人，也只是一个人。

谢华年去找了依然守在ICU外面的沈乐。

沈乐的眼睛通红水肿，面容憔悴，全然不见平日文艺典雅的光彩，神色间却并没有迷茫胆怯。她静静凝视着透明玻璃那一边依旧昏迷不醒的弟弟，语声一片平和。

“我一直以为，小弦他大概是喜欢强势耀眼的类型，所以才会把子棋介绍给他，想着这样他是不是就能从对你的迷恋中解脱出来了呢……可是啊，后来我才发现，他其实并不是喜欢强势耀眼的类型，而是喜欢你。只是单纯地喜欢你这个人而已啊。因为喜欢你，所以变成了个彻头彻尾的大笨蛋呢。”

她忽然笑起来，眼角闪着透明的水光，真是一个温柔的姐姐看见笨蛋弟弟做出各种愚蠢可笑的事情时的模样。

谢华年也怔怔盯着躺在层层仪器包围中的沈弦。

忽然发现她其实也从没有好好看过沈弦睡着的模样，也不曾在意过。

那家伙会就这样一直睡下去吗？

再也不会醒来了吗？

心里骤然一阵恐慌。

很害怕。是失去的恐惧。

比之种种模糊不清的钝感，唯有这种感觉如此清晰。

再没有任何一个时刻比此刻更强烈、更直白地意识到，她不想，也不能失去沈弦。

因为对她来说，沈弦是重要的人，重要到无可替代。

“我会负责的。”谢华年低着嗓音一字字说。

沈乐扭过头，似乎惊讶地望住她。

谢华年将掌心轻轻贴在微凉的玻璃墙上，眸色点点深沉。

“那家伙都蠢成这样了，放着不管很容易死啊。但我不会让他死的。”

沈弦的伤情恢复得十分稳定。多亏了平日在医院积攒下的好人缘，外加毕竟保护了险遭毒手的护士小姑娘，又是院长的儿子，大家都很关照他，投入了最优质的资源救回了一条命。

但不知为什么这家伙就是不醒，明明身体情况已经在平稳好转。因为沈弦自己也是医生，关键时刻做了正确的急救处理，大出血的状况很快得到了控制，并没有危急到脑的供血，也没有其他颅内损伤的情况，按理说是不应该出现昏迷症状的。参与会诊的医生都觉得困惑，却始终找不出原因。

谢华年把沈弦从 ICU 转到了特护病房，请了专业看护来二十四小时照料着，甚至把大部分工作也直接搬到了病房里，尽可能多地陪着他。

许多时候，她都忍不住怀疑，沈弦这家伙是故意的，故意不肯醒过来，诚心要让她担惊受怕体会煎熬。但每每把手抚在他额头上，感觉到那不寻常的比正常人更低的体温，这种可笑的想法便又在瞬间烟消云散了。

只想让他快点醒来。

除此以外什么也不想。

转入特护病房的第三天，谢华年接到了程锦的电话。

“需要帮忙吗?”

电话那端的人依旧是那样轻柔绵软的嗓音和语调，带着熟悉的笑意。

“不麻烦你了。”谢华年愣了好一阵，哑声拒绝。

遽然发现，心里已经什么想法也没有了。只剩下平静。平静到察觉时连自己都忍不住吃惊。

“我没有别的意思，就是有点担心你们。怎么说，作为朋友，也没法袖手旁观啊。”程锦的声音依旧不断传来，显得有些缥缈，“我听不理说沈弦一直没醒?”

谢华年恍惚半晌才收回心神。

“也好，你来看一下他吧。万一那家伙要 PTSD（创伤后应激障碍）了呢。”她终于疲惫地按住突跳不已的太阳穴。

“好。我把这几天的预约时间都调整好了，一会儿就先过来一趟。”程锦应了一声，干脆利落地挂断电话，没过多久就出现在病房门外。

这“一会儿”也太一会儿了。

你是躲在医院大门口打的电话吗?

倒是……很像你的作风。

整个交谈过程都平淡无奇，好像最寻常的朋友，直奔主题，说最普通的公事。

心里曾经咆哮不息的戾气不知何时都消散得无影无踪，仿佛跟随一段已然结束的过去而消亡。

顿时有些惆怅。

谢华年发觉她已经有许久没能这样心平气和地跟程锦说话。

果然有许多人和事都已悄无声息地变了。无论对方，还是自己。

她把程锦送到门口，听见他夹杂戏谑的叮嘱。

“我觉得这家伙没什么事。人在应激状态下确实是会陷入昏迷状态以躲避危险或降低伤害、痛苦的。再过几天他应该就会自己醒过来了。保险起见，我会每天过来一次，观测一下他的体征数据，做好一个月的康复计划，等他醒了再给他做个检查——只要他别动手揍我。”

“放心吧，他才不敢呢。别看他平时嗷嗷得厉害吧。”谢华年不经意地歪头靠在门边，浅浅微笑。

程锦并不急着离开，而是站下来回身看她，似有什么话想说，又似百般斟酌。

他终于轻叹一声，望住她的眼中净是担忧。

“但是你呢，华年，你还好吗？”

“我很好啊。”谢华年略微一怔，笑起来，“你这突然问的什么奇怪问题？”她伸手轻推他一下，催他快走。

但程锦却执意不肯。

“你知道我是不会劝你‘努力加油’或者‘不要勉强’的。只不过……”他顿了一顿，深深看着她的眼睛，“相信你自己。有什么需要，只要你开口。”

谢华年回看着他良久，轻轻道了声“谢谢”，而后转身关上了门。

过去之所以是过去，只因我们再也无法回到从前。

时光无法倒流，覆水难收，一切曾经发生，都是此刻的指引，亦是将来的指引。

王不爱的律所很快与院方达成了代理关系，由顾南国领衔最优秀的律师团队作为代理人，向当事患者家属提起诉讼，并在被告人为图自保开脱而吐出朱艾琳这个名字时，当庭追加了记者朱艾琳为被告。

比之法庭上不为大众所知的较量，萧子棋的动作则显得轰轰烈烈举世瞩目。

她辞掉了UTV的工作，注册了一个自媒体账号跟踪报道这起暴力伤医事件，调用了一切可以为她所用的资源，并不强调事件中心的个体，而是将矛头直指向了煽动医患对立的“媒体”，迅速成为了关注度最高的热点社会话题。抖落满身淤泥，她仿佛又变回了当年那只犀利耀眼的“狮鹫”，死死咬住猎物，每一字责问都如投枪匕首，就好像两年来的泥泞蛰伏全都是为了这一刻的震撼归来。她甚至直接把直播做到了庭审现场，在法庭大门前指着象征着法律威严的徽章发起诘问：

“我们的媒体总习惯将目光聚焦在悲剧，以吸引猎奇的目光和愤怒的情绪，甚至不惜为此制造悲剧，却忘记了只有彰显法治，才能鸣响警笛避免更多的悲剧，才能真正承担起媒体人的社会责任。”

而此刻的谢大小姐则尽职尽责扮演着低调的完美女友的角色，除了照看沈弦、旁听庭审与为公事忙碌之外，几乎不见来客，也不接受媒体采访。

她只在自己的INS上发了一张旧年在英国某间教堂外拍下的照片，还有一句简短的话：“让一切尘埃落定。上帝的归于上帝，凯撒的归于凯撒。”

于是这句话便被解读出了无数个版本，无数种表态，甚至还有人言之凿凿说谢大小姐终于皈依了主。

但这些或一本正经或啼笑皆非的“分析解密”，谢华年是从来不看的，更勿论理睬。

她只是每天在夜深人静以后坐在沈弦床边安静地翻开书念上一段，念到连自己也困了为止。

沈医生没有什么艰深文艺的阅读嗜好，最喜欢的书竟然是《傲慢与偏见》，像个满心粉红泡泡的小少女。

谢华年一页一页翻读，如同诵读冗长的情诗：

> 我也说不准究竟是在什么时间，
> 什么地点，
> 看见了你什么样的风姿，
> 听到了你什么样的谈吐，
> 便使得我开始爱上了你。
> 那是好久以前的事。
> 等我发觉自己爱上你时，
> 我已无法自拔。

微妙的酸麻感一点点扩散开来，最先是在鼻梁，逐渐覆盖了整个脸庞。

谢华年别开脸，用力咬住了手指，绝不肯泄露濒临界限的情绪。

却不知道该怎么办。

人到底要怎样才能学会爱呢？

要经历多少失败才终于能参透其中的奥义？

然而人生又能够承受多少失败呢？

明明不是游戏，从没有再来一次的机会。

可人到底还是渴求着爱的啊。

痛苦也好，彷徨也好，恐惧也好，只要还有爱，还能感觉到爱，整个人都会觉得暖起来。

胸腔里沸腾的滚烫仿佛要涌出来，在心的位置留下鲜明的痕迹。

你必须允许我向你诉说，

我是多么热烈地倾慕你。

你对我的身心种下了魔咒，

从今天起，

我不愿再与你分离。

一审判决前夕，张望和张一一父子俩像一大一小两只浣熊一样，探头探脑地被拎进了病房的门。

拎着他们的人是陆弘。

两脚刚能挨着地面，张一一就瞪着大眼睛跑去沈弦旁边扒住了床沿。

“眼镜叔叔为什么还不醒呀？他还会醒吗？”

张望只顾得上和谢华年寒暄了两句，就一脸尴尬地去抓儿子去了。

谢大小姐看着这突如其来的状况，哭笑不得。许久，回头望向立在身后的陆弘。

“来的路上正好看见他们俩在大门外磨磨唧唧的，于是就干脆拎进来了。”

陆弘依旧顶着那张保镖脸，除却高大的身姿愈显挺拔之外，似乎并没有因为曾经离去而有所变化。

他只是温柔地垂下眉眼，看定他的大小姐，低声开口：

“我有点伤心呢。为什么不喊我回来？程锦，萧子棋，明明这种从前绝不可能联手合作的对象也都聚集在你身边了，”说到此处，他下意识瞥了一眼正抓着儿子拼命捂乌鸦嘴的张望，眼中似显出不甘来，“即便是这样的家伙也会想来关心你。那么我呢？难道我就这么不值得信任吗？”

这算是难得的抱怨吗？

啊，竟然让弘哥一口气说出这样的话来。

该说自己真是不得了还是太过分呢……

谢华年无措地扶住了额头。

“弘哥你……为什么回来了？”

“因为觉得小姐你会需要人帮忙。”陆弘平静地作答，竟仿佛这是一场务必力陈优点的面试，“我可以帮你应付媒体方面的事务，也可以帮你处理公司的事务，还可以保护你的安全，哪怕这些你都不需要我，至少我还能陪在你身边让你不必感到孤单。”

“那……东京的工作怎么办啊？”谢华年觉得自己的脑子已经转不动了。

“那些都不重要，反正也并不是非我不可。”陆弘淡然摇了摇头，“如果你早一点告诉我你的打算，我是不会去日本的。你不需要我留下来帮你吗？”

“可是……”谢华年怔怔看着他。

陆弘也正看着她。

“华年小姐，你觉得我傻吗？”

“不，怎么会——”

“所以我在这里是因为我希望能在这里。这就是我想要的人生，这里就是我能够实现价值的地方。我觉得这样很好。你并不用为我担忧或惋惜。”

他似犹豫了一瞬，终于还是伸出手，在她柔顺的长发上轻轻揉了一下。

“能在你需要的时候站在你身边给你全部的支撑，所谓‘家人’‘兄长’不就是应该做这件事的吗。”

是最熟悉的人，说着陌生的话语，却又早已明了。

心里有什么潮湿又柔软的情愫正急剧膨胀。

连眼泪都快要掉下来了。

谢华年微微张了张嘴，却什么也没说出来，只固执地仰起脸，把那些几乎涌出眼眶的液体全咽下去。

而后，她忽然听见了那个久违的声音。

像个受了委屈的孩子，歪在病床上哼哼个没完。

“咦，眼镜叔叔好像醒了！”张一一惊奇地大喊，嘴里都能塞下个鹅蛋，“爸爸，叔叔是被我吵醒的吗？这会儿是不是应该去喊大夫？”

看护阿姨已经扭头跑了出去。

谢华年愣了一瞬，两步上前，用力抓住那只还扎着针头的手。

沈弦似乎被她抓疼了，“嘶”地皱起眉，可怜兮兮地望着她。他又把屋里的每一个人都打量一遍，拧着还僵直得厉害的脖子，终于故作嫌弃地瞥了站在大小姐身后的陆弘一眼，拉开嘶哑的嗓子。

“我说怎么突然觉得好危险啊，吓得我深度昏迷都不药而愈了……果然就是危险的家伙跑回来了啊！”

陆弘盯住他看了片刻，一如既往浅浅扯起唇角。

“嗯，说得是呢，毕竟你出生自带倒霉天赋，被捅都能比别人多挨两刀。”

第二天的庭审毫无意外。法官判处被告故意伤害罪和聚众扰乱社会秩序罪。被告自然是不服的，都认为自己有太多原因和委屈，遭遇了太多的不公，表示要坚决上诉。

对此谢华年已经没有什么别的想法。

一切都在意料之中，包括最终的结果。无论还要花费多少时间和精力，甚至金钱，她都已然能够看见最终落幕时白色的光束。

虽然多少有些唏嘘。

同样的事件若发生在不同的人身上，未必会有同样的结局。

而相较于此方无惊无奇的发展，刚从鬼门关逛游回来的沈医生的苦难则远没有结束。

不，不如说才刚刚开始吧。

旁听庭审归来的谢大小姐不得不在一片哀嚎声中皱眉堵着耳朵，给沈医生还在继续发出“噪声”的嘴里塞了一颗肥圆的苹果。

“……为什么这两个家伙会在这里啊？”于是嚼着苹果的沈医生终于减小了音量，愤恨不甘地瞪着坐在面前看着自己发笑的心理医生和他一脸熟悉的“斗智”的女助手。

“来预防你应激障碍变精神病啊。你这种情绪异常激动的症状很像 PTSD（创伤后应激障碍）前兆哦。”又抢占到一次上风的程锦笑得十分愉悦，嘴上半点也不留情面，俨然都不顾专业素养了。

“这是什么现世报吗？……因为我做了坏事，不择手段也要把你抢过来，所以遭报应了啊！”沈医生被迫变成了沈病号，只能泪汪汪伸出爪，抓住谢大小姐的裙摆。

然后被端着水和药的谢大小姐一眼瞪得缩回被窝里。

“啧，都躺在病床上不能动了你是怎样还能这么自以为是？你抢我？我是这么容易就能被你抢的人吗？张嘴，把药吃了！”

谢华年毫不温柔地把一把药片塞进沈弦嘴里，然后又在程锦看热闹不嫌事大的笑声里强行灌下一杯水。

沈弦无语凝噎着简直怀疑自己产生了幻觉。

“啊，果然我已经死了吧……这里其实是地狱吗?!”

“你见过这么像特护病房的地狱吗？别乱动！伤口不疼啊？”谢华年狠狠白了他一眼。

她把程锦和王不理送出门去，认真听完医嘱，这才转回身来，在沈弦床边静静坐下。

床头的矮柜上还摆着那本并未读完的《傲慢与偏见》。

谢华年盯着摊开的书面怔怔出了一会儿神，低软了语声。

“沈乐已经在过来的路上了。晚一点伯父和伯母也都会过来。就趁着现在，你有什么话想对我说的吗？”

沈弦窝在病床上，脸色多少有些憔悴，连一向在意的发型都在枕头上揉得乱蓬蓬的，全然不是平日风流倜傥的模样。

“华年……”他舔了舔干裂的嘴唇，仿佛正鼓足勇气。

话还没说出口，就被大小姐一巴掌拍回去。

“算了你还是别胡说八道了，听见就来气。”

谢华年把手指按在他唇上，低头定定望着他的眼睛，缓慢倾身，拥抱住他。

“虽然‘爱’这种虚无的东西太抽象了，该怎么爱，什么才算是爱，搞不好我根本从来就没明白过。可是……小弦，我会努力去学的，至少是为了你这个差点把自己折腾死的蠢货，无论需要花多少时间，哪怕是一辈子，我也一定会努力学的。所以，仅仅是这句话也好，从今天开始，你给我好好记住了。”

她的声音就在耳畔，带着温暖潮湿的馨香，如同沾染魔力的泉水，汩汩浸透心田。

沈弦觉得眼前的一切都模糊了，如同涟漪下的倒影。

他努力环起手，终于把那个他爱了一辈子的人彻底拥入怀中。

致

那个人

爱你

如飞蛾扑火

如一株向阳的植物

如爱自己

— THE END —

后记

这个故事拖拖拉拉写了五六年，中途烂尾了一次，续貂了一次，坑了无数次，到今天终于正式画下句号。

我并不觉得她目前是最好的姿态，但这是她第一次正式出门见人的姿态，那就这么着吧。

这个故事，起源于我的黑历史。

一场从十八岁起拖沓近十年的拉锯战。没有敌人。最大的敌人是我自己。

故事最初的版本，是当年混过圈玩过 COS 的某日漫的同人。也正是因此，落笔的时候才决定要玩一把日翻腔，就此奠定了“挑战读者阅读习惯”以及“中二病泛滥”的基调。

我曾经在第一次烂尾时给这个故事写下了第一个后记，如是记录：

这篇文前前后后我写了两年多。

两年多啊。

断断续续地写，总写不下去，总不知道该怎么落笔。

我必须承认我不是个好作者。我在一篇同人文里挟带私货，以至于各种意识流到完全没法看。

事到如今，与其还死要面子地笑着说“XXX 是我的黑历史啦”，不如索性承认这是一块至今未愈的旧伤疤，也没有那么难堪不是吗。

在这拖拖拉拉的两年多里我又做了各种蠢事。健康彻底跌至低谷。罄竹难书。等终于觉悟到自己有多蠢，终于痛下决心再也不能蠢下去，才发现竟然转瞬又是两年。时光飞逝，一身冷汗。

太多不能释怀，太多无可挽回。

我曾经无数次都想坑了这篇文算了吧，写不下去实在没办法。可又总不甘心啊。有些事是没法逃避的，就好像伤口里的脓再疼也必须切开挤干净，否则就会烂进骨头里。如果坑了，我大概也会就这样懦弱地烂到骨头里吧。

在不对的时间就算遇上对的人也依然只能是一场悲剧。

不会爱，不懂爱，没有能力去爱。

这样的家伙为什么还是会被对方吸引呢？

想来想去我找不到答案。

我不知道爱一个人为什么要这样难。

为什么看不到未来。

为什么无可诉说。

为什么感到绝望。

为什么那样拼尽全力才能苟延残喘。

只是爱而已啊，为什么不敢告诉家人，不敢告诉朋友，甚至夜深人静的时候就开始反省，总觉得自己犯了罪。

在开始前一秒鼓足勇气，开始后一秒又害怕得想要立刻逃走。

筋疲力尽。

我已经不再用问号了。

没有为什么啊。

爱就是这样，世界就是这样，不讲道理，只有强弱。

一切苦难，只因我还不够强大。

……

我不喜欢写爱情故事，因为我觉得那都是骗人的。

所以怎么也写不下去了。

后来我开始想，每个人都有一个挚爱着自己的自己，永远在原地等着你，爱着你，看着你傻，看着你爱别人，无论怎样被忽略被放弃被伤害被践踏也还会在那里……

那大概是我对“爱”这种东西最绝望的低谷（笑）。

如果有可能，我真的不想写爱情故事。然而人类的故事却怎样也无法回避“爱”的话题。我知道你们喜欢看什么。虽然我经常任性地就不想那么写，并且不以为耻反以为荣。

同年的年尾，我走上了生命的转折点。

我被某个人点化，被拯救，终于能够心平气和地回首过往，接受过往，也再一次开始反省自己曾经干过的那些蠢事，犯下的那些错。

于是才有了第二个后记中的那些话：

人大抵都要经历一些惨痛的失败，才能学会一些东西，才能成长。

然后真正明白，那些过去如此重要，无法遗忘，也不必遗忘，是因为她造就了现在的我。

人是不可能抛弃过去而存在的。

有些过往，是错过，亦是恩赐，更是天意，只有坦然接受才是唯一的救赎，只有接受了过去，才有现在与将来，才能在对的那个人出现时牢牢握住那只手。

……

当对的那个人出现的时候，你会知道。

过去走过的每一步弯路，都是为了将来不再走弯路。

之后的三年中我时时记着这句话。

而这个故事，我原本以为使命终了可以就此尘封。

直到今年，我的编辑大美女来问我，有没有兴趣凑热闹参加新浪微小说大赛玩玩。

我终于又把这个埋藏在地窖角落的故事挖出来，整理骨架，修剪枝叶，重写结尾。

再一次回头看去，许多当年边写边哭的情绪都已不会再让我流泪了，却仍旧清晰地留在心底的某个地方。

这个从来没有好好正式见过人的故事里有我那么多的青春啊，而我也毫不含蓄地，以举缸泼墨的姿势，在这个故事里倾倒了小半辈子淤积的黑泥（笑cry……

是以，直到点下发布键的那一刻我依然很忐忑，还有一点尴尬，这是绝对的羞耻心作祟。

但即便是如此羞耻的故事，也是如此真实的存在，一如那些哭过、笑过、迷茫过、想爱又不会爱更不知该如何去爱的年少无知。

故事原本的名字，叫作《人要怎样才能学会爱呢》。这个名字死于太长……太长了，据说不利于传播，于是再三斟酌，改作了《拥抱你的爱》。

最初作为同人的各种设定包括部分人物关系也已尽数彻底修改，为尊重版权故。

感谢看到此处的你。

感谢分享我羞于人见又任性妄为的中二黑潮。

愿有爱、会爱、拥抱爱。

沉金

2016. 7

番外一：不可言说的爱

有一些话，不必言说。

有一些爱，不可言说。

其实陆弘是个帅哥，只是因为长得高，一般人第一眼都不太仰起头费劲看他的脸。

其实陆弘这个名字也很有主角范儿，然而基本没用，一般人都只当他是“大小姐的保镖”。

一个个头高挑胸肌健硕不爱说话的保镖，脸长得到底帅不帅是无关紧要的，反正保镖这职业，看脸没用。

虽然谢大小姐很讨厌“保镖”这个说法。

按照谢大小姐“生命不息，中二不死”的画风来设定，这种身份应该称作“家臣”。

陆弘的祖父和父亲，也都曾是谢家的“家臣”。如果不是父亲的意外早逝，陆弘大概也会同父亲一样，按照早已定好的轨迹——上军校，服役，退役，回到谢家继续守护大小姐。但父亲的死，改变了他的人生。

父亲死去的当天，谢老爷子做了一个决定。

从那一天起陆弘成了谢家的养子，跟谢家大小姐读一样的书，吃一样的饭，过一样的日子，绝不允许他挡枪子。

太多人觉得陆弘一夜之间时来运转，是拿父亲的性命换了富贵，只要哄好了谢大小姐，说不好将来还能做谢家的姑爷。

然而，对于陆弘自己而言，这种改变却是天翻地覆无所适从。

并不是因为失去了父亲。

打从记事起，陆弘就知道，他随时都可能失去父亲。因为父亲首先不是属于他的，而是属于谢家的。

陆弘的祖父曾是个军人，受了战伤，一条腿落下了残疾。

那年代兵荒马乱，家里人也都死在了逃难的路上，只剩祖父孑然一个，无家可归，困顿窘迫。

然后一天，几乎快要饿死的祖父终于再也忍不住那种饥肠辘辘的煎熬，冲出去抢了一个富家少爷的怀表，毫无意外地被涌上来的保镖们当场按在了地上，生无可恋。

后来，谢老爷子把那块怀表送给了祖父。

而当年的谢老爷子还是"谢大少爷"，风度翩翩，商界名流，从巴黎到上海，从佛罗伦萨到柏林，游走在纷飞炮火之间，看不见的战场之上。

那天"大少爷"给祖父点了一桌子菜，请祖父吃了许久以来的第一顿饱饭，说："谢家不怕多一张吃饭的嘴，但只留义士和勇士。"

于是祖父从此留在了"大少爷"身边，跟着大少爷去过许多从前从未敢想的地方，做了许多从未敢想的事，也曾无数次九死一生，终此一生。

祖父是个沉默且坚毅的人。这是陆弘幼年时模糊不清的印象。

而由始至终都分外清晰地烙印在脑海中的，是曾有一次，祖父摩挲着那块怀表对他说："大少爷是我的恩人，是陆家的恩人，也是你和你爸爸的恩人，这个恩情，陆家人世世代代都要用命来还。"

祖父故去以后，那块怀表就传到了父亲的手里。后来，又从父亲手里，到了他的手里。

陆弘一直觉得，他的出生就是为了守护谢华年。这是一份家业，并不伟大，却也不卑微。如果有可能，他希望能把这份家业传承下去。

然而，父亲的死把他所认定的存在意义都彻底颠覆了。

父亲离开以后，陆弘曾有一段相当长的时间感到无所适从。

大小姐并不是关键。

无论过去还是现在，不过是节奏加快了一点，提前了一点而已。

关键是其他人。

从成为谢家养子的那一天开始，周围所有人看他的眼神就全变了。除了谢老爷子和谢华年。

曾经熟悉的人一夜之间陌生至极。他们或在背后指指点点窃窃私语，或凑上前来拍马巴结，总之再不是从前的模样。

陆弘觉得无法习惯。

足足有三个月的时间，他都不知该如何开口说话。

谢家的医生专程来看他，说这是 PTSD（创伤后应激障碍），建议他先休学静养一阵。

但他只在“家”里待了一天，第二天一大早便又默默收拾好东西等在了大门口。

无法习惯。他找不到自己的位置。

他看见谢华年从大宅里出来，穿过藤蔓缠绕的花架走过来。

谢华年也看见了他，只是挑了挑眉，什么也没说。

他于是像往常一样帮她打开车门，跟着她去学校，就像一尊沉默的背后灵。

谢华年就任由他跟着，把所有想要阻止的人通通踹开。

他就这么跟了一周。

直到那天放学，走出校门，路过当日执勤的学生委员会成员的时候，他听见那两个戴着红袖章的高年级学长低声的笑。

“明明都已经‘升级’成少爷了，还是一副下人的模样。”

“嗨，有些人天生就是下人的命呗。”

陆弘甚至没有扭头去看。

他并不想看见那两张脸都是什么模样。

但谢华年却第一时间侧目转过了脸。

“你们说我弘哥是‘下人’，那你们自己是什么东西啊？”她径直甩开步子走了过去，抬起一脚狠狠踹在对方膝盖上，补了一句：“哦，总不至于跟我说，你们不是东西吧。”

“你……你怎么动手打人呢？”红袖章吃惊地坐在地上，狼狈地双手撑住地面。

“不好意思，我动的是脚。想要本大小姐动手，你还不配呢。”谢华年抱臂俯视地瞪了两人一眼，拽起跟在身后的陆弘。

“别理他们。”她在坐回车里之后，气呼呼地如是说。

陆弘忽然觉得喉头一热。

就像有一股温暖泉水，从心眼里汩汩得冒了出来，在那一瞬间，冲破了封禁的桎梏。

他哑着嗓音应了一声。

“没关系。我没在意。”

那是三个月来，他第一次开口说话。

谢华年整个人都吃惊地扭过身来，怔怔看着他，良久，却用力一巴掌拍在他脑门上。

“给我在意啊！”

大小姐揪着他的耳朵，把他那张垂眉耷眼的面瘫硬拧到跟前来，语声里是汹涌的不满。

“你看着我！我爷爷和你爷爷之间无论有过什么，那都是他们的事，我爸、你爸也一样，那些都跟我没关系，跟你也没关系。你如果是因为要报恩才留在这里，那你现在立刻就走吧！”

她恶狠狠地怒斥他。

他看住她良久，又垂下眼。

“我……不是为了报恩。”

“那你是为了什么？”谢大小姐皱着眉。

陆弘张了张嘴。

大小姐是个心高气傲的人，陆弘从很久以前就知道。

所以他一直都知道，她不需要盲目的跟班，更不接受什么报恩不报恩的“鬼话”。就像当年老爷子曾经对祖父说只留义士和勇士一样，如今的谢家大小姐身边，只需要志同道合心甘情愿的“干将”。

但这些话要如何说呢？

无论怎么说，听起来都像是一场表忠心的逢迎做戏啊。

何况这些也并不是全部。

他自己心知肚明。

于是陆弘又把嘴紧紧闭上了。

这个拒绝沟通的反应显然叫大小姐很不满意，揪住他耳朵的那只手丝毫也没有放开的意思。

就在陆弘已经开始怀疑自己这只耳朵是不是会就这么被撕下来的时候，一个带着笑意的声音懒洋洋从副驾座上传过来。

“哎，因为你们家饭比别人家的好吃呗！”

从前头扭转过来的那张脸五官英俊，却挂着欠揍的笑。

要说陆弘为什么从来都不讨厌沈弦这个人，其中一个重要原因大概就是那张笑脸实在太“贱”了，反而让人讨厌不起来。

何况，沈弦总能在最关键的时刻恰如其分地帮他解围。

比如这样。

沈公子把胳膊搭在座椅靠背上，一脸期待地几乎要摇起尾巴，“今儿晚上大厨做啥？我也去蹭一顿？”

“……你什么时候上的车？”大小姐已经彻底无语了。

“别这么小气嘛，我爸今天去看老爷子，你让我搭个顺风车去蹭饭又不会少一块肉。”沈弦笑眯眯地带着这个话题一去不回头，“我还想吃上次那个炖鸭子啊，能跟你家大厨点菜吗？”

“你还想吃炖鸭子，我看先把你炖了算了！”

“别啊，我的肉又没有鸭肉好吃……”

……

所以谢大小姐最终也没有能如愿听到，那些被陆弘咽回肚子里的“理由”。

留下的理由。

其实，只是因为我想要留在你身边。

只有看见你，才能安心。

只要看见你，就会开心。

仅此而已。

沈弦是众多追着大小姐的裙摆跑的男人里，唯一总能得到陆弘“神助攻”的那一个。

陆弘甚至可以默许他跟着大小姐一起耍赖喊自己“弘哥”。

这一点，与外界传闻简直大相径庭。

在众多版本不同的八卦里，陆弘和沈弦总是被安上竞争者的身份，天天互殴得跟求偶期的雄性野山鸡一样。

没有人知道，其实陆弘老早就觉得，迟早有一天，沈弦是要和大小姐在一起的。

只是缺乏契机。

只是时候未到。

打从记事起，陆弘就一直看着谢华年。他知道她的喜好，知道她的软肋，几乎知道她的一切。

所以陆弘一直都知道，沈弦才是那个适合大小姐的人。

只有沈弦能让她卸下盔甲与剑，显露出最真实的表情。无论是喜还是怒，无论坚硬或柔软。

大小姐打心底里喜欢的，是沈弦。

她只是还未察觉，或者说，是在刻意回避罢了。

但总有一天她会明白的。

待到那时候，她就会义无反顾地握住沈弦的手，无论什么事、什么人都再不可能将他们分开。

既然如此，他又为什么要去做那一块讨人嫌的石头，又臭又硬地挡在她前行的道路上。

他明明是站在她身后的那个人。他所做的一切，无论何时，何地，都是为了支持她罢了。只支持她。

而他也知道，沈弦是极为聪明的人，一点就通，一定会懂。

关于这件事，陆弘和沈弦曾经有过一次极为短暂的非正式对话。

仅此一次，但说得清楚明白。

那是谢华年去英国之前，家里举办大小姐的送别酒会。沈弦当然也来了，趁着大小姐在和谢氏的长辈们说话的空当，一个人躲在露台上喝闷酒。

于是陆弘很适时地过去说了："你加油啊。还有机会的。"

沈弦的第一反应是震惊的，但短暂的困惑过后，他就立刻敏锐地找准了方向。

所以他立刻就反问了："那你呢？认识这么久了，你可以跟我说个实话吧。"

陆弘回答他："我已经找到最适合我的位置了。"

沈弦顿了顿，又问："……你不会后悔吗？"

陆弘难得微微扬起唇角，"只要你做好你该做的事，就不会。"

沈弦琢磨了一瞬，不作不死地追问："那万一我没做好呢？你会替我做好吗？"

然后沈公子就听见了这辈子最叫他永生难忘的一句话：

"你做不好，我就弄死你。"

当时的陆弘双手搭在露台的栏杆上，略微弓着背，姿态放松极了，甚至一反常态地挂着微笑，就好像在说什么随口吐出的玩笑话。

但那双略微眯起的眼睛里，却是冷冽的、危险的光。

沈弦愣愣地看着他，低头往楼下看了一眼，小心翼翼地往远离露台边缘的地方缩了一步，又一步，再一步……

这次简短的对话很快就被打断了。

大小姐抱着从酒窖里偷出来的好酒找过来，狐疑地看着气氛诡异的两人质问："你们俩躲这儿干吗呢？"

陆弘极为自然地接过她手里的酒瓶，优雅地打开来，已然恢复了往常淡定的眉眼。

"沈弦舍不得小姐出国，我陪他发会儿牢骚。"

"……你至于吗？我又不是不回来了。"大小姐用力拍着沈弦的后背，脸上有不自觉的甜蜜随着笑容满溢。

就是在那一刻，沈弦参透了这条不可见的生存法则：他这辈子，绝对要跟弘哥搞好关系，就算搞不好，也绝对不要变成敌人。

而对于这样的反应，陆弘满意极了。

他当然知道，在被大小姐打断以前，沈弦企图从他口中追问出的答案是什么。

但他终此一生都绝不会说出来。

有一些话，不必言说。

有一些爱，不可言说。

并不是出于什么"身份有别""安守本分"之类的可笑理由。

而是他十分清楚明白地知道，假如他说出来，是会让谢华年为难的。而他不愿让她为难。

大小姐在英国读书的那段日子，对陆弘来说，是最焦虑难熬的时光。

并不比因为失恋而在国内垂头丧气放飞自我的沈弦好多少。

程锦是谢华年生命中的一个意外，虽然美好，却也疼痛，足够刻骨铭心。重点是，完全不合适。陆弘是这么认为的。

起初时，他几乎都要怀疑自己的判断，觉得大小姐这个突发奇想的选择简直不可理喻。

但很快他就明白过来。

大概是……叛逆期吧。

如谢大小姐这样早慧的人，总会在某些方面异于常人的晚熟。

她是如此急迫地想要证明自己，想要摆脱家族给予她的定义，想要决定自己的人生选择自己的道路。

所以她不计一切，不顾后果。

程锦并没有什么不好，更没有错。他只是无法承受罢了。

沉香再好，扔进火里，也是要变成灰的。

程锦注定跟不上谢华年的节奏，只因为从一开始，他们就不是一个世界的人。

但并不代表毫无意义。

一切都是有意义的。

大小姐需要经历。只有经历才能让她成长，才会学会给予和接受，爱与被爱。然后，她才会渐渐明白，她想要的、需要的究竟是什么。

而他所需要做的，只是静静陪着她，走过这条荆棘遍布的必经之路。

当然不妨碍偶尔透露一点“小道消息”刺激刺激沈公子的小心肝。

大小姐今天又跟程锦去写生了，你却还在国内空虚寂寞冷。

大小姐今年生日不回去过了，去哪儿、跟谁过你别问，问了怕你想去跳海。

大小姐被程锦气哭了，你说你怎么这么废。

在相当长一段时间里，陆弘着实觉得，一切都是沈弦的错。

如果沈弦不是那么没用，大小姐也许不必吃那么多苦。

但后来他也渐渐想通了。

生而为人，有些弯路是无可避免的，越是想绕过去，恐怕会摔得越惨。

所以程锦其实是上天的恩赐。

假如没有程锦，大小姐搞不好永远都跨不过那道坎，不会知道该如何面对她和沈弦这个倒霉鬼之间那些不易察觉却绵密坚韧的羁绊。

他们都太保护过度了。

愈是小心翼翼地，企图让她躲开伤害，反而愈是让她被花下的荆棘刺破了手指。

去海外的分公司帮忙只是借口，从谢华年的身边离开，是陆弘犹豫了很久才决定必须要做的一件事。

大小姐需要一个看清一切的契机。

总有人要做按下开关的那一个。

既然如此，那不如自己来，至少可控。

他从来没觉得离开会是永远的。

不，应该说，离开只是表象。

他的心是离不开的。

无论身在何处，他都依然会看着她。只要她需要，他就会立刻回来，回到她身边来。

大小姐一直觉得他是她带出来的“兵”。

这样说，其实也没有错。

虽然在那些发号施令的背后，他一直都是凭借自己的意志在审时度势的那一个。但早在许多许多年以前，大小姐就曾经教会过他，人一旦认定了一件事，就应该披荆斩棘破除万难地去达成目标，只有这样，才能做到无悔。无论成败。

他只是没想到沈弦那小子竟然那么能作，稍不留神就闹出个大新闻。

而这一次，大小姐竟然没有向他求援。

明明从前无论事情大小她都至少会来和他问一句的。

这种心情该如何描述呢？

大概就是一个妹控哥哥一边担忧着妹妹依赖过度，一边却又为妹妹的成长与独立心塞不已……吧。

在医院看见谢华年的时候，他忽然觉得自己松了一口气。

大小姐果然还是大小姐，并没有因为突如其来的变故而无助哭泣，慌乱失措。

她再一次直面了压力和伤害，以果决的姿态张开了羽翼。

恰是因此，即便受伤也好，她总不会让人怜悯。她反而更加耀眼地站在高处，叫人忍不住仰视、无法挪开视线。

再没有什么比能这样看见她更好的了。

其实回国的飞机上，陆弘很认真地思考过：假如沈弦那个笨蛋混小子真的被人捅死了，怎么办？

想来想去，这个答案，他给不了。

然而就在再次看见谢华年的那一瞬间，他忽然放心了。

他知道，这个答案，他已经不需要了。

假如不幸，真的有那么一天，大小姐也不会哭着问他怎么办的。相反，她会给他答案。而那时候，他只需要一如既往地站在她身后，陪伴她，支持她，平静接受。

深夜两点半，陆弘从沙发上站起身。

谢华年已经趴在沈弦的病床边睡着了，手边是未曾读完的书。

陆弘悄无声息地把她抱到沙发上躺好，扯过靠背上的羊绒毯子给她盖上。

他深深盯住她的睡脸看了一会儿，推门走到阳台上，靠着墙壁，看着夜幕之上模糊的星光，安静地给自己点了一支烟。

—不可言说的爱 完—

番外二：深信不疑的爱

无论作为旧识也好，前女友也好，还是一个曾经被他伤害过的姑娘也好，倘若他当真能够毫不在意，那他该是多么凉薄的一个人呢？
我可是一直都相信你的。所以，你也要相信我啊。

陆弘曾经威胁过要弄死他。沈弦从来没对谢华年说过。

主要是不敢。

倒不是怕谢大小姐不信，而是怕弘哥一个不满意说到做到真把他弄死了。

虽然后来他也拐弯抹角地跟弘哥求过情，说他死不要紧，连累大小姐伤心就不好了，是吧。

但陆弘当时一脸认真淡定地回答他："没关系，小姐伤心两天就会把你忘了的。"气得他一口老血吐不出来咽不下去，差点没当场挠墙。

所以眼前这件事，打死沈弦也绝对不敢让陆弘知道。

他的"前女友"周芫芫也从美国回来了。

说到前女友，在坊间传言里，沈大医生应该至少有一个加强连。但沈弦自己不承认。不得不承认的，只有一个周芫芫。因为只有周芫芫，他当真确定过男女朋友的关系。

关于周芫芫其人，说起来少不了翻出一连串陈年旧账。

周姑娘从初中时代开始就是沈弦和谢大小姐的校友，是比他们低一年级的小师妹，自从在一次学生游园会上抱着一大盘奶油蛋糕，误打误撞把沈公子撞了个人仰马翻满身奶油，就开始跟小尾巴一样锲而不舍追着沈弦跑。

这一追，竟然直接追进了 P 大医学部。

打小谢华年就没少拿周姑娘揶揄沈弦，说他们这才是标准的言情小说配置，灰姑娘撞上命中注定的王子，相反自己整个一恶毒女配人设，按人民群众喜闻乐见的套路，将来多半是还要奔着恶毒后妈去的。

所以沈弦也就从来没敢告诉过谢华年，在她和程锦在英国上演轰轰烈烈的时候，他曾经在她看不见的某个角落里自暴自弃地接受了周芫芫的告白。

然后又被周芫芫甩了。

整个时间轴非常短，从周芫芫对他说“其实我一直都喜欢你”到当众甩了他一耳光叫他“滚”，只有一周多一点。

按说，当众被姑娘骂这种事，沈公子也算是老手了，没什么特别的。

但周芫芫不太一样。

事到如今，沈弦自己也说不太清楚，到底是因为“小师妹”这种设定让他对周芫芫多出了几分怜惜，还是周芫芫最后那一耳光抽得太疼叫他良心发现了。

周芫芫让他感觉到了愧疚。

沈弦一直都记得大三的那一天，他正跟一群狐朋狗友在 KTV 海喝胡闹，周芫芫忽然就怒气冲冲地推门闯进包间里来。

这种画面太熟悉了，以至于当时的他都没能在第一瞬间认出眼前这个满脸怒容瞪着自己的姑娘是谁。

当时周芫芫问了他一句：“沈弦，你觉得我傻是不是？”

沈弦还站起身想先拉住她，没等伸直了腿，就被周芫芫浇了一脸酒。

而且浇得还特别与众不同。

通常情况下，这么冲上门来的姑娘，都是直接从桌上随便拿个一杯半杯红酒香槟什么的，泼他一脸意思意思就算了。

周姑娘不一样。她自己带了一瓶，整整一大瓶 750ml 的红星二锅头，还是蓝瓶的，当场开盖，直接从他头顶上浇花一样灌顶浇下来，浇完把瓶往茶几上一拍，转身就走。

当时沈弦就彻底傻了，被一旁的朋友推搡了好几下，才蹿起来追上去。

结果就被周姑娘回手一记响亮的耳光，赏了句干脆利落掷地有声的："滚！"

后来这事也成了沈大医生无数风流韵事中的一桩，时不时被人拎出来在茶余饭后津津乐道一番，而女主角的名字则一如其他那些围绕沈弦的花草蝴蝶一样被大众遗忘，仿佛她是谁根本不重要。

只有沈弦自己心里是着着实实记得的。

那件事之后不到一个月，周芫芫就转学去了美国。

有人曾半开玩笑地宽慰沈弦，说这是周芫芫早就打算出国了，所以故意找个借口跟他分手以免显得她薄情罢了。

但沈弦却是知道的。

从初中时起，周芫芫就是个严重文科偏科的姑娘，喜欢的是文史哲，对数理化一直吃力得紧。这样的一个姑娘，竟然追着他咬牙考进了 P 大医学部，到底吃了多少苦熬了多少夜，不足为外人道。这样的一个姑娘，不会为了出国这么甩他。

一定是他彻底伤了周芫芫的心。

沈公子是真的有深刻反省的。从那以后，他虽然没改掉贪玩的臭毛病，但绝不再和认真的姑娘玩了。

既然只是玩玩而已，不能达成共识的对象是一定会玩出火的。

这些罪大恶极的黑历史，沈弦从来没给谢华年仔细交代过。大小姐会不会一怒要跟他清算旧账不好说，首先陆弘那边是一定没法交代了。

但他从没想过周芫芫会突然从美国回来。更没想过，她回国之后，会到自家老爸手下来做研究。

这么尴尬的局面，到底要不要主动跟大小姐上报呢？

说吧，感觉会死得很快。

不说吧，感觉会死得很惨。

等死……还不如之前被人捅死算了，好歹捞个见义勇为留下点光辉形象啊！

刚死里逃生从病床上活着回了家的沈医生坐在沙发上，焦虑地啃着手指。

大小姐在沙发的另一头看报纸。

陆弘坐在一旁给她削苹果，手里正拿着一把锋利的水果刀。那苹果皮，削得可薄了，刀工一流。

沈弦啃完右手，忍不住地又把左手的指甲也塞到门牙下头。

谢大小姐狐疑地抬起头，不满意地瞪了沈弦一眼，“你干吗呢？抖什么啊？”

“他前女友从美国回来了，跟着他爸做一个研究项目，今天晚上要去他们家吃饭。沈教授请小姐也一起去，他不知道该怎么说。”陆弘眼也不眨，把刚削好切片的苹果递到大小姐面前，开始仔仔细细擦他的水果刀。

“哟，芫芫也回来啦？”谢华年挑起眉，笑得温柔灿烂又诡异。

她放下手里的报纸，拿起果碟，挪到沈弦身边来，叉了一瓣苹果喂到他嘴里，一边看着他把苹果吃进去，一边在他耳边问他：“其实我一直都可想问你了，被当头浇了一大瓶二锅头的感觉，爽吗？”

沈弦一口苹果没咽下去，差点把自己噎死在大小姐的沙发上。

趁着大小姐上楼换衣服的工夫，沈弦不死心地抓住陆弘问：“她什么时候知道的？知道多少了？”

弘哥把水果刀仔仔细细收好，侧目一脸和善地看着沈弦，反问：“你猜？”

沈弦差点没腿软跪在地上。

沈医生抹着眼泪哭诉：“是不是好兄弟？”

陆弘耸耸肩，“不然你还能在这儿哭？”

沈弦连忙解释：“其实我真的什么都不知道……不然我现在给老头打电话，说我们今儿临时有事不去了！”

陆弘撇撇嘴，“那显得我们家小姐多小气。”

“弘哥你最近怎么话特别多……”沈弦沉痛地捂住脸。

陆弘一脸正直无辜，“大小姐让我多说话。”

“求放过。”沈弦彻底放弃挣扎了。

陆弘瞥了死狗状歪倒的沈弦一眼，“你既然不心虚，怕什么？”

沈弦不由一怔。

陆弘不由轻笑，似早已把他看穿了，接着又问了一句：“她没有不相信你，你为什么不信任她？”

瞬间，沈弦就像只被踩中了尾巴的狗，浑身的毛刺都竖起来。

没错，认真说起来，他确实没什么好心虚的。

无论他和周芫芫之间曾经有过什么，那都是过去的事，与谢华年其实没有关系。黑历史归黑历史，他并没有做什么对不起谢华年的事。

那么他究竟有什么好怕的呢？

到底是周芫芫当年那一巴掌叫他心有戚戚，还是陆弘曾经半开玩笑的一句“威胁”让他毛骨悚然？

或许都不是。

他只是以小人之心度君子之腹，害怕谢华年会不高兴。

这心思多少有些把大小姐看低了的嫌疑。谢大小姐当然不是无理取闹的类型。

那么，他是不是真的打心底里并不敢相信她呢？

不，这太愚蠢了。

他绝不能犯这样的错。

沈弦呆愣了好一会儿，从地上爬起来，强忍着牙根痒痒，用力拍了拍陆弘的肩膀。

“弘哥，你最近真的话太多了……”

晚餐的酒席订在沈弦经常去光顾的餐厅，并不是什么特别严肃的宴会场合。

沈弦强行把陆弘挤到了后座，硬要自己开车，然后带着谢华年磨磨蹭蹭绕了十圈八圈远路，把所有的交通拥堵点全部堵到了一遍，等终于逃无可逃走进餐厅包间的时候，其余所有人都已经到齐了。

在场的人其实并不多，也不复杂，除了沈弦的父母之外，就是沈乐、周芫芫和萧子棋。

但就这么简简单单的几个人，还都是大熟脸，却足够沈弦抓狂到欲哭无泪。

“我今天刚好找沈教授谈点事，盛情难却顺道过来看看你的小师妹，可不是故意来找你茬。”萧姐姐一眼看穿沈医生绝望的小眼神，同情地迎上去，含笑解释。

而谢大小姐已经用力甩开沈弦紧紧抓住她不肯撒开的手，如鱼得水地融入到一片寒暄声中。

大小姐说：“沈伯伯，您这个弟子我可早就认识了，从小就有能耐，当年进 P 大医学部，总分排名比沈弦还要靠前不少。”

周芫芫说：“谢学姐别笑话我了，我那还不是被师兄坑蒙拐骗的。不然我就报哲学系去了，哪还能苦哈哈天天解剖尸体啊。”

沈教授咧嘴乐了，“你们这两个丫头，说得老头子我有点尴尬。”

大小姐说：“沈伯伯您别尴尬，回家把沈弦吊起来抽一顿就得了。”

周芫芫点头附和：“就是。我刚下飞机就听沈乐姐说了，师兄最近没少给老师添乱子吧——是不是，子棋姐？”

“别问我啊，我就是个打酱油的。”一旁拿着手机的萧子棋听见这一声问，抬起头，就把手机摄像头对准了身边的沈弦，“你们先聊，我给你们做直播。哎，沈弦这个表情不错。描述一下你现在的心情？”

“我先把你手机砸了，明儿再赔你个新的。”沈弦一脸生无可恋，劈手把萧子棋的手机抢过来，强行关了机塞进自己兜里。

眼前的周芫芫和当年已然判若两人。

记忆中大眼睛梨花头的小少女，已经长成了精明干练的成熟职业女性，连衣着打扮都从青春靓丽的粉红、粉黄变成了从头到脚的黑白灰。也不知道在美国那么些年究竟都发生过什么。

沈弦原本打算只管埋头吃个饱就算了，没想到谢华年在桌子下面狠狠踹了他一脚。

大小姐皱眉瞪着他，那意思就是嫌他表现得不够大方得体。

不得已，沈弦只得硬着头皮凑上去佯装热情地搭了句话：“你们美国的医学院解剖课要读几年啊？”

周芫芫原本正跟沈乐说话，听见这一句，扭过头来，“不是啊，我改方向去做法医了啊，所以就难免总得解剖尸体咯。”

“法医？”沈弦差点把茶直接喷出来。

“对啊。”周芫芫点点头，一脸天然。

“……那你这回来找我爸研究什么项目？”沈弦赶紧接过大小姐递来的纸巾，擦擦嘴。

“这个暂时需要保密，不能告诉你。”周芫芫微微勾起唇角，看向沈弦的眼睛里却实实在在是含着笑的，“不过，差别也没有那么大的。反正一个案件现场出来的，还活着送你们那儿，死了就送我们那儿——”

也不知道这姑娘是真这么说呢，还是故意开他玩笑。

“行了，别说了……我还想再吃点……”沈弦连忙哀求地拦住她话头。

周芫芫挑挑眉，“听说师兄现在可是‘名医’啦，还忌讳这个？”

“嗯，可有名了，刚被三刀捅上头条。”沈弦苦笑一声，放下筷子和汤匙。

彻底没胃口了。

他不知道是不是他太神经过敏了，总觉得周芫芫话里带刺。

这种微妙的情绪变化立刻被谢华年捕捉到了。

“他刚出院没多久，在家休假呢。等养好伤还要不要回医院就到时候再议吧。看他自己怎么想。”大小姐不动声色地接过话来，一边夹了一块滑鱼块填进沈弦空下来的碗里。

“也是，学医救人呢，也不一定非得做临床不可。”周芫芫若有所思地点点头，似乎很赞同。她笑着看向谢华年，甜甜追问：“那谢学姐呢？现在在做什么？”

“姑且算是创业吧。”谢华年继续往沈弦碗里布菜，直到把碗塞得看不见碗底了才停箸。

周芫芫看一眼沈弦面前那只碗，挑挑眉，“学姐这么敷衍我啊？”

谢华年微微一笑，“一点小生意，没什么好说的。你难得回来，聊这些没意思的干吗。跟我们说说你在美国的见闻啊。”

周芫芫略显娇嗔地噘起嘴，“学姐不也是从英国回来的?”

“没落旧贵而已，哪有你们那儿好玩，毕竟号称世界文明的灯塔不是。”谢华年谦虚摆摆手，“我前两年想去 Vegas 开生日 party，老爷子说什么也不让，差点没给我锁死在家里。DC 可以去，Vegas 就不让，我可好奇着呢。”

这一顿饭吃得有惊无险。

谢大小姐自从拿过话题，便开始掌控全场，再没给过谁四处开花哪壶不开提哪壶的机会。

从头到尾，沈弦都食不知味地听着，偶尔赔笑应付两句，简直度日如年，直到坐上了返程的车，才稍稍松了一口气。

上车的时候，周芫芫特意追过来，当着谢华年的面和他交换了电话号码。

沈弦尴尬得直想吐血，拒绝也不合适，不拒绝也不合适，只得硬着头皮撑到开车，才歪倒在后座上长出一口气。

“芫芫变化还挺大的，一点都不像当初那个小萝莉、小尾巴了。某人是不是居功至伟?”

谢大小姐仿佛话里有话，一边如是说，一边揪着沈弦的耳朵。

沈弦耍赖地把脸扎进谢华年怀里，咬死一句话也不肯说。

一进家门，沈弦就推说不舒服钻进浴室里去了。

陆弘等在门厅里，盯着沈弦上楼瞧不见踪影了，才低声对谢华年说：“我刚才稍微查了一下。”

大小姐略微挑起眉角，没有应声。

陆弘接着说：“她没讲假话，这次回国也是公事公办，应该没什么问题。”

谢华年闻言静默一瞬，忍不住好笑，“沈弦这家伙当年到底把人家怎么了?

他这么做贼心虚。”

“那你直接问他不就好了？”陆弘略扯起唇角，向她点头行了个礼，转身出门。

谢华年慢悠悠地上了二楼，听见浴室里传来“哗哗”的水声。

她给自己沏了一杯花茶，抱着茶杯靠在露台上的懒人沙发里，听着高楼之下不远处川流不息的车声与人声，轻轻叹了一口气。

沈弦的反应，总结下来其实只有两个字——在意。

因为在意，所以才会狼狈。就好像从前，她也曾为了程锦不断做着各种各样的蠢事。

按理说，作为现任，她好像应该生气的。至少也应该和他严肃认真地谈一谈，划下界限来，确保他知道什么能做，什么不能做，什么该做，什么不该做。

可是，她丝毫没有这些想法。

她甚至无法认为沈弦这种“在意”是错误的。

无论作为旧识也好，前女友也好，还是一个曾经被他伤害过的姑娘也好，倘若他当真能够毫不在意，那他该是多么凉薄的一个人呢？

什么“对天下人冷酷唯独对一人温柔”，这种骗鬼的人设谢大小姐是从来都不信的。假使沈弦今天可以对周芫芫绝情，明天未必不会对自己如出一辙。

这样的人，谢华年不喜欢。她也知道，沈弦不是这样的人。

她更知道，在沈弦那些曾被人指指点点的“丰功伟绩”背后，她自己扮演了什么样的角色。

她，唯独是她，没有任何立场责难沈弦。

她并不认为周芫芫的出现会是她的危机，也从未怀疑沈弦可能背叛她。然而无可否认，她不喜欢沈弦现在的状态。

于是连她自己也就此陷入了僵局，不知究竟是该静观其变，还是索性伸手推他一把才好。

手机的震动把飘远的思绪拉扯回来。

谢华年划开微信界面，看见程锦发来的语音消息。

程锦："我刚才看见萧子棋微博直播了。"

"干吗？你也来凑热闹？"谢大小姐有一点无奈。

程锦："那姑娘挺厉害的吧。沈弦行不行啊？"

"谢谢关心了。冤有头债有主，就算她要算旧账，也算不到我头上。"谢华年随口回了一句，想了想，又补道："再说了，人家姑娘好好的早就开启美丽新人生了，干吗一个二个都瞎琢磨人家？怪小心眼的。"

程锦沉寂了好一会儿，又发过来一条文字消息："你这么想得开？"

"我为什么要想不开？"谢华年反问。

"你想得开就好。"程锦发回来一个硕大的笑脸，欠扁至极。

"你没正事儿少找我闲扯，不然怕是真有人要想不开了。"谢华年觉得好笑。

她关掉微信，随手把手机扔在角落，也去一楼的浴室冲了个热水澡，再回来卧室，见沈弦已经背对着她缩在床上了。

那模样就像一只犯了错的狗，沮丧又委屈地缩在窝里，小心翼翼。

谢华年靠在床头，翻着白天没看完的那张报纸，听见他哼哼唧唧地辩解："她不是回来找我的。我也没打算跟她多往来。"

这场景充满了喜感。谢大小姐几乎要笑出声来。

"你是不是一直心里对芫芫有愧疚感？"她扭过头问沈弦，"你如果实在觉得愧疚——"话到嘴边，却又停住了。

其实愧疚也好，或者别的什么也好，你就安静地装在心里，不要让我知道，更不要一副焦虑躁动的模样不行吗？

明明我都还什么也没说呢。

可这样的话，以她的身份，终归还是说不出口罢。

“总之这是你自己的事，你自己解决，我可不管你。”谢大小姐在心底“哼”了一声，扭回头继续看她的报纸。

这样的回应显然无法安抚焦躁的小动物。

沈弦窸窸窣窣地翻过身来，把脑袋拼命钻进大小姐怀里，撒娇耍赖地腻歪。

他的头发湿漉漉的，还散发着洗发水清爽的香气。

谢华年哭笑不得，只得抽出一只手，一下一下揉着他乌黑柔软的发梢。

沈弦窝在她怀里赖了好一会儿，忽然竖起脑袋。

“……我怎么觉得，咱俩这角色位置好像反了呢？”

谢大小姐看看自己手里的报纸，再看看身边委委屈屈打滚求爱抚求顺毛摸的沈医生，忽然也觉得心情有点复杂起来。

倒不是什么反了不反了的问题吧，可是三十岁都还没到，婚礼都还没举行，就直接进入这种老夫老妻的退休生活状态了真的好吗？！

于是谢大小姐终于把报纸扔掉了，翻身捏住沈医生的下巴，略微眯起眼，“那大爷您今儿想玩什么角色 play 啊？”

“……你这个气势，吓得我有点没情绪……你等我先酝酿一下——”

沈弦挣扎着撑起半个身子，没等稳住，又被大小姐一巴掌推翻在床上。

“不如今天就来个‘饿虎扑羊’吧——我演饿虎你演羊，就这么愉快地决定了，演技不好罚一个月做饭洗碗！”

“不要说得好像你做过饭洗过碗一样好吗？！”沈弦惨叫着还企图负隅顽抗一下，就被“嗷呜”一口咬住了脆弱的“羊脖子”……

啊，这个弱肉强食的世界。

之后一切风平浪静。

周芫芫偶尔会找找沈弦，多半都是问些关于谢华年的事，说想找机会聚一聚，一起吃吃玩玩什么的。每一次都被沈弦找借口推脱了。

直到九月份的时候，沈弦终于忍不住约周芫芫单独喝了一次酒。

然后就被周姑娘举着啤酒瓶从酒吧里头一路追杀到大马路边上。

其实沈弦真是诚心实意来道歉的。

周芫芫举着啤酒瓶冷笑："沈弦，你真没劲。"

她用啤酒瓶"梆梆"敲沈医生人模狗样的脑袋。

"那点破事，我当时就已经都还给你了。就我这脾气，有气当天出，有仇当场报，忍你这大渣男一个礼拜已经是极限了，谁还惦记你这么多年？你现在跑来跟我说什么鬼'对不起'，是不是想让我也为那一瓶二锅头和一巴掌给你道歉啊？我告诉你，没门儿！"

沈医生抱着脑袋拼命往谢大小姐停在路边的车里躲。

周芫芫看一眼在车里坐等的谢华年，甩手把那只啤酒瓶扔进垃圾桶里，抛出一道优美且精准的弧线。她一手搭住大小姐的车窗，吹了个口哨，"学姐你怎么就瞧上他了，我现在觉得陆弘哥都比他强多了。"

谢大小姐点头笑笑，"嗯，我也这么觉得。可你当年不也瞧上他了么？"

"嗨，我当年年纪小，瞎呗。"周芫芫轻描淡写地耸耸肩。

"可不是。谁一辈子还能不瞎上几回呢。"谢华年侧目瞥了一眼缩在自己身后的沈医生，莫名唏嘘起来。

周芫芫也瞥了沈弦一眼，挑眉，"你特意来接他的？"

"没有没有，我今天刚好约了眼科检查，把他一起带上方便医生诊断。"谢华年立刻按狗一样把沈弦按在了座椅上。

“谢学姐，你变了好多。可是你这样真好。”周芫芫“咯咯”得笑，“其实我觉得吧……这个世界上的好姑娘那么多，为什么一定要为了大渣男互相撕得头破血流呢?”她忽然意味深长地看住谢华年，眨了一下眼，“我月底回美国，怎么样，一起去 Vegas 玩玩?”

“弘哥求你赶紧开车好吗!”再也忍无可忍的沈医生终于抓狂地大叫一声，以严防死守阻挡丧尸的速度弹手扑上去把车窗玻璃按了上来。

“芫芫……真的变化挺大的啊……”谢华年回头，看见站在路边的周芫芫还遥遥望着她，一手插在衣兜里，另一只手两指并拢，含笑轻轻贴在了唇上。

“你不要跟她去 Vegas 玩!”沈医生泪流满面地把脑袋砸在前座靠背上。

“乖，我不去。”谢大小姐忍着笑，再次揉狗毛一样，用力揉了揉那颗耷拉着的脑袋。

当天晚上，沈医生和谢大小姐严肃地讨论了这个问题。

沈医生问：“为什么你都从来不会为我吃醋呢?”

谢大小姐反问：“原来你喜欢乱吃飞醋的那一型吗?”

沈医生一脸嗔怨：“可是你都不为我吃醋……我有点小失落啊。”

谢大小姐继续问：“你有什么好失落的?”

沈医生嘟囔：“你都不介意我可能跟别的妹子这样那样——”

谢大小姐的眼角立刻吊起来，“你还敢跟别的妹子这样那样?”

沈医生继续嘟囔：“我是说可能——”

谢大小姐想了想，“我跟程锦也还一直有联系啊，你不也没怎么样？那作为平等尊重，只要你不越界，我当然也不管你跟你的‘小师妹’啊。”

“啊?”沈医生愣了一秒，整个人都蹦起来，“你怎么还没把那家伙的电话删掉啊？”

谢大小姐摊开手，理直气壮，“这年头是个人都用微信了，删电话有什么意义？”

“微信也删掉好吗！”沈医生恶狠狠咬着被角。

“怎么，你不相信我？”谢大小姐眯起眼。

“我不是……”沈医生嘴上虽然不满地抗议，却还是下意识缩了缩脖子。

谢华年哪肯让他缩起来，立刻伸手一把揪住他耳朵。

“我可是一直都相信你的。所以，你也要相信我啊。我是说，各种意义上的。”

耳朵上那只手的力道其实并不重，还带着熟悉的温暖，捏得他痒痒的。

沈弦顺势抬起头，努力卖萌地对上大小姐那双笑眯眯的眼睛，听见她意有所指地问他：“那你说，我要真吃醋了，你打算怎么给我赔罪？”

沈医生绞尽脑汁想了想，“……洗碗做饭家务全包？”

谢大小姐撇嘴，“这是你的日常而已吧。”

沈医生说：“……蹲墙角跪着主板唱《征服》？”

谢大小姐托腮，“已经听腻了。”

沈医生欲哭无泪，“……裸体围裙连跳三遍《小苹果》行不行？”

谢大小姐一拍手，“行，这个节目朕很喜欢，现在立刻去跳吧！”

—深信不疑的爱 完—